U0113273

海南
一本就GO
Hainan Pass

《一本就GO》编辑部 编著

广西师范大学出版社
·桂林·

CONTENT 目录

GO!
去海南玩！

印象

　　北隔琼州海峡、与雷州半岛相对的海南省，地处热带，与美国夏威夷同一纬度，拥有长达1528公里的海岸线。迷人的海水、雪白的沙滩、明媚的阳光、旖旎的海底世界及茂密的热带雨林和富有传奇色彩的少数民族风情，无不散发着迷人的魅力，素有"东方夏威夷"之称的三亚更是以"天涯海角"的魅力吸引了无数游人。

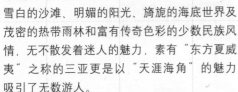

地理

　　海南省地处中国南端，北以琼州海峡与广东省划界，西临北部湾与越南相对，东南毗邻菲律宾、文莱和马来西亚。海南省面积约为3.4万平方公里，是我国仅次于台湾岛的第二大岛。海南全岛地形四周低平，中央高耸，以五指山为中心，四周逐渐下降，临海处为平原，最高峰五指山海拔1876米。南沙群岛的曾母暗沙是我国最南端的领土，海南省是我国跨纬度最大的省级行政区。

气候

　　海南岛纬度低，光照好，雨水多，全岛均属于热带季风气候，各地年平均气温在23—25℃之间，最冷时均温仍高于16℃，全岛年平均降雨量在1500毫米以上，素有"天然温室"的美称。四季适宜旅游的热带气候使海南成为度假天堂，即使冬季仍可下海游泳。

区划

　　海南省有2个地级市、6个县级市、4个县、6个自治县、1个经济开发区、1个办事处。其中地级市为海口市与三亚市；县级市为文昌市、琼海市、万宁市、儋州市、东方市、五指山市。

人口

　　海南省人口约为867.15万（2010年）。

航空

　　海南省拥有海口美兰国际机场和三亚凤凰国际机场，两座机场已开通航线200余条，可通往国内外90多个城市和地区。

铁路

　　海南省拥有海南东环铁路、海南西环铁路和粤海铁路3条铁路，其中琼山至广州的粤海铁路是中国第一条跨海铁路，与全国铁路网实现联网，北起粤西湛江市，与海南省西环铁路接轨，南达三亚市。

精彩海南！
⑥大符号！

1 天涯海角

"天涯海角"意为"天之边缘、海之尽头"。古时候交通闭塞，"鸟飞尚需半年程"的琼岛，人烟稀少，荒芜凄凉，是封建王朝流放"逆臣"之地。来到这里的人，来去无路，望海兴叹，仿佛来到世界的尽头，故谓之"天涯海角"。经过历代文人墨客的题咏和描绘，"天涯海角"成为一个富有神奇色彩的古迹和游览胜地。而流传于民间的"天涯海角"一词则更多地成为深厚情谊的象征。"海内存知己，天涯若比邻"这一句诗，千百年来积淀和酝酿出了深厚的文化底蕴，也在国人心中植下了深深的"天涯情结"。又因为"希望你能爱我到地老到天荒，希望你能陪我到海角到天涯"等

歌词中爱情意境的广为流传，"天涯海角"成为情侣们心中所向往的代表永恒坚贞的爱情圣殿。如今在人们的心目中，海南岛上的天涯海角游览区就是这种种文化情结的地理落脚点和物化象征——千百年来从未改变过的碧海蓝天、白浪奇石，承载着世界尽头的旷远、"相逢何必曾相识"的灵犀和浪漫爱情的无尽甜蜜。

2 黎苗民俗

　　海南省的居民分属30多个民族，世居的有黎、苗、回、汉等族。千百年来，古朴独特的民族风情使本岛社会风貌显得更加丰富多彩，其中最具有特色的便是黎族与苗族的生活习俗。据历史记载，早在远古时代，黎族同胞就在这块土地上刀耕火种，以独特的民族文化和绚丽的织锦工艺著称于世。他们主要聚居在五指山区地势较平的山麓或临河的盆地，村寨大小不等，错落有致。低矮的茅草房掩映在严严实实的椰子树与槟榔树间，在树的空隙处用竹篱笆围成，各色蔬菜娇嫩欲滴，清澈的小溪淙淙流过房前，让人有"走进山间别墅"的感觉。当地特产的槟榔便是黎胞走亲访友的礼物，并以数目多少表示情意的厚薄。明代嘉靖、万历年间，从广西调防来海南岛戍边的苗族士兵撤防后留了下来，后代就是现在的苗族，因为入居海南岛时间较晚，加之人少，往往在黎族的居住区里见缝插针，或生活在深山密林之中。海南苗族与黎族同有"三月三"节，是一年中仅次于春节的隆重节日。节日那天，人们集合在一起，预祝"山兰"（山地旱稻）、狩猎双丰收。老人们携带腌好的野味和酿好的糯米酒，来到村中最享众望的老人家里，席地围坐，在芭蕉叶和木瓜叶上痛饮。

③ 高山清泉

　　海南中部以山地为主，989万亩的热带天然林蕴藏着许多奇观。雄峻的山岭、千姿百态的奇洞怪石、独特的岛屿性动植物、茂密的热带雨林、波光粼粼的湖泊水库、奇特的流泉飞瀑、丰富的文化遗址和浓郁的民族风情，构成了充满神秘色彩和强烈吸引力的生态旅游资源。这里有7个国家级森林公园、2个省级森林公园和一批森林旅游景区景点。

尖峰岭、吊罗山、黎母山、七仙岭、蓝洋、霸王岭、猕猴岭、五指山、陵水猴岛等森林公园和保护区，已成为海南标志性的热带森林旅游景点。原始黎族的母亲河——由五指山原始森林中的山泉水汇聚而成的水满河，清澈透底，动静结合，时而水流湍急，如万马奔腾；时而水平如镜。而海南岛第三大河万泉河是未受污染、生态环境优美的热带河流，被

誉为中国的"亚马逊河"。这里四季皆可漂流，百余米宽的河水亦清澈透明，浅水之处游鱼依稀可见，卵石色彩斑斓。漂流经过九道险滩后，映入眼中的便是一派苗族村舍的田园风光。作为我国的高端"绿色旅游"地带，身处其中，听溪水叮咚，看身边彩蝶飞舞，呼吸着每立方厘米高达5万到8万个负离子的空气，似乎回归到满目葱郁的原始时代。

4 热带生态

在我国，只有海南一个省份处于热带，是我国最具热带海洋气候特色的地方，全年暖热，雨量充沛，干湿季节明显。因为独有的岛屿生态系统，一些独立进化的物种较有特色。海南热带雨林的特征主要是：地处热带，是高温高湿地区，拥有高大茂密常绿的森林群落，森林中的空气湿度很高。中国唯一的岛屿热带雨林生态系统，其完美和种类丰富不仅在亚洲称奇，千姿百态的神奇热带雨林风光也不逊于亚马逊热带雨林。目前已发现各类木本植物259科、1347属、4200种，约占全国的七分之一。其中630多种为海南独有，20多种为珍稀树木。世界热带显花植物属种最多的第一类17科中的植物，海南岛全有。全岛药用植物2500多种，入药典500多种，其中抗癌植物13种。海南还素有"天然温室、热带果园"美称，热带作物和热带水果栽培面积大，种类繁多。海南盛产橡胶、甘蔗、椰子、咖啡、胡椒、槟榔等热带作物，水果有椰子、菠萝蜜、菠萝、荔枝、芒果、香蕉、红毛丹、鸡蛋果、人心果、水蒲桃等，更有从国外引进的上千种珍奇的热带植物，如榴莲、铁力木、金鸡纳、香茅草等。

5 椰岛

海南岛别称"椰岛"。在整个海南，处处可见到高大挺拔、四季结果的椰树。它们在不同的时刻、不同的地点，呈现不同的韵味。椰树独钟情于海南，是海南四大热带作物（椰子、橡胶、胡椒、腰果）之一。我国其他热带地区也有椰树，但很少结果。海南的椰子产量占全国总量的99％以上。海南椰树果实累累，并且果汁果肉特别清甜。千百年中，海南人民形成了不少与椰树有关的习俗。在文昌一带，人们订婚、结婚、生子以及其他喜庆大事，总要栽椰树作为纪念。海南乡亲认为，椰子吸纳太阳的精华，所以晴天上午10至12点的鲜椰汁水最甘美。有关椰子的民歌数不胜数，如"鹊鸟爱穿椰子林，椰子能甜鹊鸟心。妹作椰子叶下挂，单等情哥来穿林"。椰子装扮了海南，也塑造了海南人，形成了最具海南特色的地方文化——学者们称之为"椰文化"。椰树是海南的象征，椰树的品格是海南人民的象征，这是海南椰文化最深层的内涵。

6 海滨度假

海南岛海岸线长达1617.8公里，其中沙岸占50%—60%，沙滩宽数百米至上千米不等，向海坡度一般为5度左右，平缓延伸；多数地方风平浪静，海水清澈，沙白如雪。岸边绿树成荫，空气清新，无工业污染；海水温度一般为18℃—30℃，海边阳光充足。游客可参与丰富多彩的活动，如海水浴、日光浴、海上摩托艇、游艇、帆板、垂钓、高尔夫球、网球等各种沙滩体育运动。这里冬季水温在18℃—22℃，是度假休闲、海水浴、阳光浴、冬季避寒的理想之地。近海水深200米以内的大陆架渔场6.65万平方公里，水温适中，海洋生物丰富，有鱼类1000多种、藻类200多种。海南具有得天独厚的潜水条件——三亚海域、西沙群岛和海南岛沿海很多海湾常年水温宜人、毫无污染，海中五光十色、千姿百态的热带珊瑚礁鱼和各种珊瑚、海葵等海洋生物，是潜水旅游的水下美景。尤其是西沙群岛、亚龙湾和三亚湾等处海水清澈透明，6至10米深处依然可直见，被国际潜水专家认为是南太平洋最适宜潜水的旅游胜地之一。潜水旅游简便易行，借助现代化的潜水器材，即使不会游泳的游客，稍经培训，掌握呼吸要领，便可在教练人员的带领下潜入海底，欣赏神奇的海底风光。

海南度假攻略！

海南

　　地处热带的海南与美国夏威夷处在同一纬度，长达1600多公里的海岸线上遍布世界一流的旅游资源，其中沙岸占50%~60%，这些海水清澈、沙白如雪的沙滩宽数百米至上千米不等，吸引了无数游人的目光。美丽迷人的海滨与数万年前壮观的火山口遗迹形成强烈的视觉反差，黎族与苗族等少数民族充满异域风情的原始村寨遍布在枝叶繁茂的热带雨林中，令人心生一窥究竟的好奇，而如同世界尽头的天涯海角则令每个来到这里的人心生万千感慨。

　　80年代，一首《请到天涯海角来》从广东唱响，经过春节晚会迅速传遍全国，歌词中那个"四季春常在，芒果黄了叫人爱，芭蕉熟了任你摘，菠萝大了任你采"的"天涯海角"就位于海南的三亚。在古代中国，这里曾经被无数文人墨客视为"天之边缘、海之尽头"，并留下数不尽的诗词作品，千百年来积淀和酝酿出了深厚的文化底蕴和文化回味，也在国人心中植下了深深的"天涯情结"。从几年前内陆游客的热门旅游景点，到如今被全方位打造成一座休闲旅游度假岛，海南岛这座终年鸟语花香的热带岛屿已发展成世界级的度假观光胜地。

　　现今的海南早已不复旧时蛮荒落后的景象，这个地处改革开放最前沿的南海岛屿因其终年气候宜人，四季鸟语花香而成为无数人度假观光的首选，天涯海角不再是荒蛮的天地尽头，而成为年轻情侣心中所向往的代表永恒坚贞的爱情的圣殿。

　　洁白细腻的沙滩、色彩缤纷的水下世界、美味的海鲜大餐现今已经成为三亚度假的三大主题，被称为"东方夏威夷"的三亚拥有全海南岛最美丽的海滨风光，在这座美丽迷人的海滨城市内，200多公里的海岸线上随处可以看到优质的沙滩和成片的椰树林，而享有"中国第一潜水基地"美誉的蜈支洲岛则拥有中国保护最好的生态珊瑚礁，这里的海水常年温度宜人、毫无污染，海中五色十色、千姿百态的热带珊瑚礁鱼和各种珊瑚、海葵等海洋生物，是潜水旅游的观光美景，被国际潜水专家认为是南太平洋最适宜潜水的旅游胜地之一。潜入水中睁开双眼，五颜六色的珊瑚和热带鱼扑面而来，仿佛神话世界中的龙宫出现在自己眼前，神奇风光绝对令每个人印象深刻。

　　除了亚龙湾、大东海和三亚湾这三大海滨，三亚还有大量观光游览胜地，以生态和佛教文化为主题的南山佛教文化旅游区、历史名人雕塑伴随阵阵波涛声的天涯海角游览区、向情侣描述"鹿回头"这美丽爱情故事的鹿回头山顶公园等各有特色；傍晚漫步在椰梦长廊，观看晚霞则是最美好的享受。

　　作为中国最著名的世界级度假胜地，三亚和海口等城市遍布高级度假酒店，拥有温泉、SPA、游艇海钓和高尔夫等高档休闲娱乐项目。在潜水、冲浪、观光之余，海南的各种美味海鲜也是来这里度假旅游不可错过的重头戏。梅花参、鲍鱼、石斑鱼、青蟹、血蚶、鸡腿螺、剪刀贝、生蚝、基围虾和龙虾都是不可错过的美味佳肴，而这些海中极品随便在岸边的海鲜坊就可现捞现做，是货真价实的"生猛海鲜"。

GO 002 三亚亚龙湾人间天堂—鸟巢度假村

在2010年末热映的电影《非诚勿扰2》中出现的亚龙湾人间天堂—鸟巢度假村伴山面海，四周风景优美，以其原生态的自然环境吸引了无数人一见倾心。这里有142幢风格各异、洋溢着浓郁热带风情的山顶别墅，可体验住在丛林之中，四周云雾袅袅，私密自然的假期生活。

GO 001 三亚海韵度假酒店

由海韵集团投资建造的三亚海韵度假酒店地处三亚湾中心地带，酒店内拥有枝叶繁茂的热带花园和350平方米的独立沙滩，东南亚风格的室内设计和竹木装饰营造出一丝远离城市喧嚣的宁静，而超大海景露台与双人全景浴缸更是充满浪漫情调。

📧地址：三亚三亚湾路168号 📞电话：0898-88388888

📧地址：三亚亚龙湾国际旅游度假区 📞电话：0898-88081582

GO 003 三亚亚龙湾铂尔曼度假酒店

酒店地处享有"天下第一湾"之称的亚龙湾，2008年开业，装饰奢华，是雅高集团铂尔曼品牌在中国的第一家度假酒店，其泰国、缅甸、南洋不同风情的别墅群和配套的私人泳池、专属海滩为游人营造了热带海岛风格的假期。

📧地址：三亚亚龙湾国家旅游度假区 📞电话：0898-88555588

GO 004 三亚亚龙湾高尔夫球会

开业于2000年的三亚亚龙湾高尔夫球会酒店内外环境自然清新，其五星级的高尔夫会所呈S形布局，可全方位欣赏高尔夫球场的景致，四角攒尖的瞭望塔和椰林中曲折的古朴走廊无不洋溢着南国风情，而以十几年来历届高尔夫冠军命名的酒店套房更是独具魅力。

✉地址：三亚亚龙湾国家旅游度假区 ☎电话：0898-88565888

GO 005 三亚蜈支洲岛度假中心

三亚的蜈支洲岛毗邻天下第一湾——亚龙湾，是潜水爱好者热衷的潜水胜地。岛上的蜈支洲岛度假中心现有81幢欧式、竹木建筑和木质建筑的风情客房散落在岛屿各处，分为山景房、观海木楼、临海木屋、豪华别墅、总统套房，环境优美，是海南省首家超五星级度假酒店。

✉地址：三亚林旺镇蜈支洲岛 ☎电话：0898-88751012

GO 006 万达三亚海棠湾希尔顿逸林度假酒店

开业于2010年的万达三亚海棠湾希尔顿逸林度假酒店地处三亚海棠湾地区，拥有88间海景房、141间豪华海景房、44间池畔房及15间时尚全海景套房，不论是喜爱欣赏海景、还是热爱沙滩嬉戏玩闹或是钟情热带风情的客人都可以在这里体验一个完美的假期。

✉地址：三亚海棠湾海棠路 ☎电话：0898-88826666

GO 007 三亚海棠湾康莱德酒店

地处三亚海棠湾的海棠湾康莱德酒店同为2010年12月28日开业，是希尔顿康莱德品牌进驻中国的首家酒店，共拥有观海居、泳池居、观海泳池居、悠然园景别墅、悠然海景别墅、全海景别墅、极致园景别墅、宽大海景别墅和总统别墅等不同类型的奢华别墅套房，每间别墅均隐匿于茂盛的花园中，并设有私家泳池、日光躺椅及花园亭台。

✉地址：三亚海棠湾海棠路 ☎电话：0898-88208888

GO 008 海口观澜湖酒店

位于海口市火山区的海口观澜湖酒店地处万年火山岩地貌之上，四周风景独特，酒店内设豪华客房、高级豪华客房、尊尚客房、尊尚水疗客房、尊尚套房、总统复式套房等各式房型共500余间套。海口观澜湖酒店拥有得天独厚的天然火山资源，蕴含丰富养生矿物元素的冷热温泉是其一大特色，可尽情享受国际旅游旅岛上的温泉假期。

地址：海口龙华区观澜湖大道1号 电话：0898-66683888

GO 009 海口喜来登温泉度假酒店

地处琼州海峡国家级旅游度假区中心区的海口喜来登温泉度假酒店集休闲度假、商务、会议为一体，共有341间装饰精美典雅的客房，包括36间可享受海景或园景的豪华套房，四周洋溢着浓郁的热带风情，并拥有室外温泉池、健身中心、水上运动场所、游戏室、室外烧烤区、网球场、儿童托管中心和游泳池等多种设施和服务，还有2个相距不远的18洞高尔夫球场。

地址：海口秀英区滨海大道199号 电话：0898-68708888

GO 010 金茂三亚丽思卡尔顿酒店

地址：三亚亚龙湾国家旅游度假区 电话：0898-88988888

金茂三亚丽思卡尔顿酒店以其独特的U形设计而闻名，其双翼上417间超过60平方米的客房堪称三亚之冠，有丽思阁、丽海阁、丽天阁、丽池阁、丽园轩、丽海轩、华海阁、华海轩、华天轩、丽思轩等不同风格、装修各异的套房；在茂密的热带花园内还建有独享私家泳池的丽园居、丽林居、丽海居、华海居等度假别墅，享受私密的假日空间。

海南**6**天**5**夜
超IN畅游之旅！

◉清晨：到达海口

从海口美兰国际机场乘坐出租车和民航班车进入海口市区。

豪华星级酒店推荐：康年皇冠花园酒店、金海岸罗顿大酒店、华运凯莱大饭店、海南西海岸温泉度假酒店、海南文华大酒店

舒适经济酒店推荐：贵州大厦、海口椰城宾馆、锦江之星海口店、凤凰宾馆

DAY ① ....

◉上午:西海岸带状公园·海瑞纪念园·海南热带野生动植物园

西海岸带状公园距海南省海口市中心11公里,是个开放式的滨海公园,富有南国海滨情调。它有十几个非常有名的景点,每逢周末或节假日,都会有大量的游客涌入这里。海瑞是中国历史上著名的清官,有着"南包公"、"海青天"之称。他一生清正廉明,秉公执法,刚直不阿,受到了民众的敬仰。海瑞纪念园就位于海口西郊、海秀大道左侧的滨涯村。海南热带野生动植物园有200多种世界珍稀保护动物,游客可以欣赏到这些动物在自然状态下的风采。

◉午餐:火烈鸟餐厅

餐厅被设计成热带雨林的模样,隔着墙甚至还能看到火烈鸟在悠闲地行走,这就是这家餐厅名字的由来。菜肴的原料是自养的野味,干煸鹿肉、香辣鸵鸟肉都是招牌菜,游客也可以吃到海南的四大名菜。另外,这里有各种热带水果的鲜榨果汁,值得品尝。

◉下午:万泉河·五公祠·世纪大桥

万泉河历史悠久,传说优美,文化深厚,民风浓郁。它发源于五指山和黎母山,从两源合口,流经琼海之后,浩浩荡荡奔到博鳌流入南海。碧绿的河水、翠绿的河岸、美丽的村落、纯朴的百姓,构成了一幅幅如诗如画的美景。一首《我爱五指山,我爱万泉河》、一部《红色娘子军》,使万泉河美名远扬,成为游客必游之地。五公祠是为纪念唐朝名相李德裕、宋朝名臣李纲、李光、赵鼎、胡铨这5位被贬谪到海南的著名历史人物而建,主楼被称为"海南第一楼"。世纪大桥连接海口市中心区、海甸岛、新埠岛、美兰新区,宏伟的气势和灵巧的身姿,成为海口市的标志性建筑。

◉黄昏:海口百年骑楼老街

　　海口骑楼建筑艺术，既符合中国的传统文化，也带有欧洲的特色，建筑风格多姿多彩，在窗楣、柱子、墙面造型、腰线、阳台、栏杆、雕饰上表现出独特的风韵。海口骑楼主要分布在海口市得胜沙路、中山路、博爱路、新华路、解放路、长堤路等老街区，覆盖面积约2平方公里，总长4.4公里，共有大大小小的三四层高的骑楼建筑近600栋，2009年还被选入了我国首届"中国十大历史文化名街"。

◉晚餐:西秀渔港

　　坐落在海口西海岸西秀海滩内的西秀渔港，面朝大海，游客可以坐在露天餐位上，一边吃海鲜，一边享受海景和附近的园林景观。推荐品尝龙虾、生蚝、海螺和鲍鱼，也可以来一份蟹粥、虾粥，或来一碗上好的海鲜汤，不仅味道鲜美，营养也非常丰富。

◉夜间:喝老爸茶

　　老爸茶店顾名思义，便是老爸老妈们相聚喝茶的地方，喝老爸茶是海口最具本土特色的休闲方式。老爸茶店一般设于老城区小街巷中，喝的只是普通的绿茶、红茶，或是自制的菊花、茉莉花茶等，而小吃则有番薯汤、绿豆浆、清补凉、鹌鹑蛋煮白木耳、木薯煎米果、"煎堆"、猪血杂拌等，甜的，咸的，应有尽有，各具风味。

DAY ②

⦿ 上午:抱虎岭·宋庆龄祖居·铜鼓岭自然保护区

　　抱虎岭海拔220米,是文昌的名山之一,远观好似一个巨人抱着一只老虎,南为岭头似虎首,北为岭尾似虎股,中间顺势弓形下弯中有小丘隆起,状似巨大骑虎者抱着虎颈,因此而得名。宋庆龄祖居位于文昌市昌洒镇古路园村,坐落在一片果树环抱的山丘上,周围绿树成荫,环境幽静。铜鼓岭自然保护区位于海南的最东角,主峰海拔338米,有"琼东第一峰"之称。它三面环海,不仅有神庙、和尚屋、尼姑庵等古迹,还有仙洞、仙殿、风动石、银蛇石、海龟石等奇岩异石。

⦿ 午餐:洪景海鲜坊

　　洪景海鲜坊位于铜鼓岭不远处的石头公园里,这里风景极其优美,海鲜的味道也非常鲜美。推荐品尝野生的小龙虾、长寿螺、鲍鱼、螃蟹,海南菜也很正宗。

⦿ 下午:文昌孔庙·七星岭·木兰湾

　　文昌孔庙是海南省保存最完整的古建筑群,也是我国南方最具特色的古文化旅游点之一.被誉为"海南第一庙"。七星岭位于文昌铺前镇东北,北面临海,有着大小10余个山峰,其中7座山峰特别高,就好像北斗七星一般。木兰湾与七星岭相连,隔海与大陆相望,由木兰头、木兰湾和30平方千米的宽阔腹地组成,沙滩柔软白皙,海水清澈,是潜水的好地方。

◉黄昏:海口公园

海口公园为开放式公园，园内有着1000余种热带、亚热带植物，正门前的东湖和西湖风景优美秀丽，通过九曲桥可以来到东湖上的湖心岛。园内建有海南解放纪念碑，纪念在琼岛革命和渡海作战中牺牲的烈士。园内还有冯白驹将军雕像、冯白驹纪念亭。

◉晚餐:后安鳌乡乡土粮养餐馆

餐馆的特色是海南本地菜。内部装饰非常具有海南特色，用斗笠做灯，稻草装饰顶，墙上还挂着许多海南风光图片和特色饮食介绍。这里的温泉鹅肉滑无渣，香味独特，白切肉配以蘸料，酸香开胃。豆角灯光鱼煲则肉厚刺少，鲜香可口。这里的虾酱地瓜叶柔滑可口，清淡鲜香，有着特别的香味。椰子粿则是以椰子和糯米作为原料制作的，吃起来椰香沁心，咸甜交织，糯米柔韧，口感非常好。

◉夜间:海口风味小吃夜市一条街

海口风味小吃夜市一条街位于海口市滨海大道海口会展中心附近，最大的特点是在这里可以吃到许多大酒店里才能吃到的海鲜，以及很多地方相当罕见的水果。喝着香甜的椰子汁，吃着烤好的海鲜，欣赏着美丽的夜景，和朋友分享着感兴趣的话题，这就是夜市所带给我们的欢乐。

DAY ③ ·······

◉上午：博鳌水城·玉带滩·美丽之冠文化会展中心

　　博鳌濒临南海，是著名的万泉河入海口。这里是博鳌亚洲论坛的永久所在地，风景优美，可以与澳大利亚的黄金海岸、美国的迈阿密、墨西哥的坎昆相媲美。在万泉河的入海口，有条长达2.5公里的狭窄沙坝，横亘在万泉河和南海之间，这就是玉带滩。它是世界上最狭窄的分隔海、河的沙滩半岛，被载入了"吉尼斯世界大全"。三亚美丽之冠文化会展中心位于三亚河畔，是专门为第53届世界小姐总决赛而建造的比赛会场，不仅造型优雅大方，还经常举办一些文艺节目。另外，在里面的美丽博物馆中，还展出许多关于世界小姐的资料，游客可以了解相关的知识。

◉午餐：琼海博鳌昌隆渔港

　　位于博鳌滨海路1号的博鳌昌隆渔港背靠大海，设备齐全，坐在包厢里就可以看到远处的海景。这里的海鲜非常新鲜，而且制作的时候很注重原料本来的口感。招牌菜是博鳌鱼，肉质细腻，让人回味无穷。另外，这里的海南名菜，如文昌鸡和东山羊也很地道。

◉下午：石梅湾·东山岭·兴隆热带植物园

石梅湾被世界旅游组织专家誉为"海南现存未开发的最美丽海湾"，它拥有长达6公里的海滩，沙滩洁白柔软，海水清澈见底，是海南最佳潜水地之一。有着"海外桃源"、"海南第一山"之称的东山岭，坐落在海南省东海岸，距万宁县城1.5公里。它海拔184米，由3座山峰相依而成，山上怪石嶙峋，异洞幽深，丹崖翠壁，泉丰林秀；春风长驻，四时花开；石景遍布，佳致迭出；奇岩异洞，各具姿态。兴隆热带植物园以独特丰富的热带植物闻名于世，园内有1200多种植物，景观优美，既有科研、科普的意义，也是观光胜地，可以说是海南岛的一颗璀璨明珠。

NIGHT ③ ···

◉黄昏：兴隆温泉

兴隆具有浓厚的侨乡风情，以旖旎的热带风光和舒适的温泉闻名于世。这里布满亭台楼阁，绿树成荫，百花争艳，将温泉围在当中。温泉泉眼不时冒出串串水珠，犹如玉珠一般，水温四季保持在60℃左右。

◉晚餐：小树园餐厅

小树园餐厅位于兴隆农场，其特色就和店名一样，被椰子树所包围，风景极为独特。这里的饭菜价格便宜，但是味道却非常好，客家酿豆腐和盐焗鸡都是极受游客欢迎的特色菜。坐在椰子树下，一边吹着海风，一边吃饭，别有一番滋味。

◉夜间：兴隆红艺人演艺厅

在兴隆，晚上观看红艺人表演已经是约定俗成的事情了。在绚丽的灯光和异国的音乐声中，红艺人们身穿华丽的服装，跳着妖媚的舞步踏上舞台。她们有着婀娜曼妙的身材和艳丽的面容，举手投足之间尽显千般妖媚、万种风情。

DAY ④ ....

◉上午:万泉湖风景区・五指山风景区

万泉湖风景区位于万泉河上游的牛路岭库区,是万泉河流域中面积最大、风景最优美、气候最宜人,也是旅游资源最丰富的旅游风景度假区。这里原始热带雨林茂密,鸟语花香,青山碧水、水美鱼肥、物种繁多,既可以探秘攀岩,也能够垂钓野炊。五指山是海南第一高山,也是海南岛的象征。这里遍布热带原始森林,层层叠叠,逶迤不尽,山上还生活着许多珍禽异兽,是科研、旅游、探险的好去处。

◉午餐:回民鲜鱼汤

回民鲜鱼汤是三亚的老字号,位于三亚市区以西8公里的回民居住区里。在这里点菜不看菜单,而是要自己去筐子里挑选鲜鱼。所谓的鲜鱼汤就是用海鱼煮的大盆汤,因为采用鲜鱼加上清凉的井水,还有一些特制的辅料,所以吃起来味道特别鲜,还带有一丝丝的酸甜。配上特色椰子饭,保证每一位食客都意犹未尽。这里的特色菜除了鲜鱼汤和椰子饭以外,还有炒牛柳、牛油空心菜和炒鲜鱿。

◉下午:古崖州城・水南村

古崖州城就是现在的崖城镇,它的历史可追溯自南北朝,名胜古迹繁多。一些唐宋时代的名臣曾先后被贬到此地。在宋代以前为土城,经元、明、清三代扩建,成为海南岛上规模较大的一座城池。水南村位于崖城镇附近,是海南著名的古文化村落,历史上许多名人都与之有关,元朝的女纺织革新家黄道婆就曾来此学艺。

NIGHT ④ ....

◉ 黄 昏 : 三亚国际奥林匹克中心

　　三亚国际奥林匹克射击娱乐中心是东南亚面积最大、功能最全的实弹射击场，位于榆亚大道557号，背山面海。在这里，人们能够使用各种常规武器进行实弹射击，并配有自动报靶显示装置。另外，这里还兼营餐饮、购物，是一座多功能、综合性的娱乐场所。

◉ 晚 餐 : 海亚餐厅

　　来到三亚，怎么能不吃一吃三亚的本地菜呢？这家位于三亚市大元和平路的海亚餐厅主打地道的三亚家常菜，许多当地人吃饭都选择这里。海亚餐厅做菜的原料并不特殊，但是在做法上却有些区别，吃起来别有一番滋味。这里的汤味道鲜美，因为使用纯天然的泉水，水质很好，不需要特别煲制就能让食材的味道彻底发挥出来。特色菜是干煎西刀鱼、马鲛鱼、豆豉白鲳和豆豉鞋底鱼。

◉ 夜 间 : 鹿回头夜景

　　鹿回头位于三亚市南部5公里的三亚湾，是三面临海的半岛，看上去好像鹿站在海边回头观望，因此得名。站在山上可俯瞰浩瀚的大海，远眺起伏的山峦，三亚全景尽收眼底。尤其在夜晚，三亚灯火通明，就仿佛不夜之城一般辉煌夺目。

DAY ⑤ ······································

◉上午：三亚大东海·天涯海角风景区·南山佛教文化苑

大东海位于鹿回头与榆林港之间，三面环山，一面对着大海，一排排翠绿椰林环抱沙滩。海湾呈弓形，东南平行的两条小山脉就像两道堤墙筑入浩瀚的南海，铸成了海湾和屏障。天涯海角风景区是每个游客都必到的地方，刻有"天涯"、"海角"、"南天一柱"、"海南南天"等字的巨石不知道谋杀了多少游客的胶卷。南山佛教文化苑坐落在中国最南端的南山之上，在这里既能领略热带滨海阳光、碧海、沙滩、鲜花、绿树的

美景，也能获得佛教文化带来的心灵慰藉，体味回归自然、天人合一的乐趣。

◉午餐：大东海椰林海鲜城

椰林海鲜城属于比较高档的海鲜酒楼，以经营海南特色的生猛海鲜及精美的粤菜为主，特色菜肴有基围虾、红焖东山羊、清炒四角豆、椰子饭和龙虾粥。海鲜城内有专场舞蹈表演，让游人在品尝美味海鲜的同时，还能欣赏到海南具有民族特色的歌舞表演。

◉下午：东玳瑁岛·西玳瑁岛·京润珍珠博物馆·珠江南田温泉

西玳瑁岛原本是解放军的军事基地，后来搬迁到了东玳瑁岛上。这里一望无际的碧蓝海水，一直连到天边。东玳瑁岛上，能看到石头做的象棋和棋局，非常有趣。京润珍珠博物馆是中国最大的一家收藏、介绍珍珠的博物馆，在这里可以了解到珍珠的历史与文化，珍珠的形成、养殖与加工，珍珠的鉴别与鉴赏，珍珠的药用与保健等内容。珠江南田温泉有大小温泉池37个，其中按摩池、冰池、木桶池、中药池、咖啡池各个不同，分布在天然椰林里，一池一景。

◉黄昏:椰梦长廊

椰梦长廊是三亚的标志性街道,有着"亚洲第一大道"之称。这条长达20公里的道路两旁,种植了大量椰子树。这里风景优美,尤其是在傍晚时分,晚霞漫天,映照在大海和沙滩之上,一切都变得通红。

◉晚 餐:春园海鲜广场

春园海鲜广场位于三亚市河西路北头,三亚城市乐园正门右300米处。这里有40多个经营海鲜的摊位,一到晚上就热闹非凡。游客可以自己去春园后的海鲜街购买海鲜,只要付给这里的摊点一些加工费就可以帮你烹制上桌,如果觉得麻烦也可以直接点这里做好的熟菜。

◉夜 间:三亚时代海岸酒吧一条街

由阿伦故事、喀秋莎、迪奥、兰桂坊、明天梦、诺亚方舟等酒吧汇聚而成,是新近发展起来的最具人气的酒吧街。这里的酒吧风格各异,既有恬淡闲适的艺术吧,也有热闹喧嚣的迪吧,还有原汁原味的蓝调吧,也有莺歌燕舞的演艺吧。

DAY ⑥ ....

◉ 上午:大广坝水库·东方风车群·昌化古城

　　大广坝水库是海南的第二大水库，浩浩荡荡的昌化江水至此，不得不乖乖地在5.8公里长的大坝之下俯首帖耳。这里风景秀丽，湖光山色，碧波万顷，被誉为东方市的"天然公园"。在东方市八所镇的鱼鳞洲海滩上，矗立着十几座高大无匹的风车，它们就是有名的东方风车群。这些为城市提供电力的巨人，在不经意中为海南平添了一道亮丽的风景线。昌化古城则是具2100多年历史的古城遗址，有着浓厚沉重的历史积淀。

◉ 午餐:文昌鸡饭店

　　定安文昌鸡饭店的招牌菜就是文昌鸡。文昌鸡皮脆肉嫩味鲜，入口又香又滑。定安鹅和虾酱地瓜叶、黄豆猪脚汤也是这里的主打菜。定安鹅口感鲜嫩，虾酱地瓜叶的虾酱很正宗，配着新鲜的地瓜叶，味道非常好，而黄豆猪脚汤的味道也很不错。

◉ 下午:定安古城·定安居丁珍稀动物园·南丽湖风景区

　　定安古城是海南省保存最完整的两座古城之一，历经600多年的沧桑岁月，是研究海南古代城垣构筑和战争防卫措施的重要凭证。同时，这里风景古朴苍凉，是人文旅游的胜地。定安居丁珍稀动物园是以驯养、科普、观光、旅游购物为一体的综合性动物园区，这里的熊鹿园、蛇园、蝴蝶展示厅以及蝴蝶苑等，都吸引了大量游客。南丽湖水面1200公顷，是海南省琼北地区最大的人工淡水湖。这里原本只是低谷，后来因为南扶水库才成为漂亮的湖泊，山清水秀，环境幽静雅逸，游人在其中如痴如醉。

起程踏上归途 ....

海口

海口 GO! GO! GO!

印象

　　海南岛最北端的河流南渡江的出海口就是海口市的所在地。海口市是海南省的省会，环境优美，以缤纷靓丽的霓虹灯和成行的椰子树为特色，有"椰城"的美誉。相对于三亚的热带风情，海口的老街古朴浪漫，精致的雕刻和斑驳的墙面无不显示出古城独有的沧桑。

气候

　　海口地处低纬度热带北缘，属于热带海洋气候，高温多雨，全年夏季超过200天，最高温度38.7℃，最低温度10℃左右，年平均气温23.8℃。每年5至10月是海口的雨季，尤其9月是降雨高峰期，游客出行会有不便。每年10月到翌年5月风平浪静，气候宜人，暖风和煦，是海口旅游的最佳时节。

地理

　　海口市地处海南岛最北端，面积2364.7平方公里，城市北端拥有长达110公里的海岸线，西南部为典型的火山地貌。

海口节日

1月
2月
3月
4月
5月
6月
7月
8月
9月
10月
11月
12月

府城换花节

时间：农历正月十五

府城换花节在海口市海府路至琼山府城镇一带举行，始于唐代贞观年间（627—649），是原琼山市特有的民间节日，迄今已有千余年历史。在府城换花节期间，男女老少欢聚一起交换鲜花，表达对来年生活的美好祝愿。此外，府城换花节还是当地的情人节，青年男女们通过换花向恋人表达内心的情感。

椰子节

时间：农历三月三期间

由于海南岛又名椰岛，因而椰子也是海南的象征，每年农历三月三都会在海口举办海南国际椰子节，以海南椰文化和黎苗"三月三"民俗为主要特色。椰子节期间将举办椰城灯会、椰子一条街、黎族苗族联欢节、国际龙舟赛、民族武术擂台赛、文体表演、黎族苗族婚礼、祭祖等活动，是海南规模和影响最大的地方节庆活动。

军坡节

时间：农历二月初九至二月十九

军坡节在海口市琼山区举行，每年农历二月初九至十九期间，海南人都会举行流传1300余年的闹军坡，军坡分为公期和婆期，主要是祭祀祖先和历史人物，现在一般是为了纪念冼夫人。各村组织秧歌队、舞狮队，模仿冼夫人当年的出征仪式，两军对垒，起舞欢歌。

海口交通

航空

海口美兰机场位于海口市郊，距离海口市中心27公里，乘机场巴士30分钟即达市区。海口机场目前已经开通了60多条航线，可达国内外众多地区，包括至中国香港、澳门，以及日本福冈、韩国济州、新加坡、泰国、马来西亚等地的航班。

铁路

海口火车站位于长流新区，靠近海边，距离海口市中心20余公里，建有4个硬座候车室和1个软座候车室。海口火车站分别开通了到上海南、广州、北京西的空调快速列车，从广州乘火车到海口大约需要11小时，过海时列车需要搭乘渡轮，在渡轮上人车不分离，堪称全新体验。

海运

海口有新港、秀英港两个港口，每天有40余艘客轮开往大陆沿海及香港等地区。其中海口新港以湛江港和海安之间的客运和汽车轮渡为主；秀英港有开往广州、湛江、北海的航线。

出租车

海口市内出租车一般为马自达和捷达车型，出租车起价10元，3公里后1.8元/公里，由于海口市区面积不大，老城区附近10元就可达，如果前往诸如机场、郊区的景点，可以同出租车司机议价。

公交车

海口市内拥有40余条公交线路，大部分为无人售票车，票价一般是1—2元，"公汽冷巴"价格1元，在车况和文明驾驶方面比普通公交车好许多。海口市内公交车覆盖面积很广，可以前往大部分旅游景点。此外，海口主要旅游景点之间还有专线观光巴士，另有游1、游2路和旅游公交专线"新美兰号"。

海口美食

海南菜的烹饪方法接近粤菜，但以椰味见长，如椰奶鸡、椰奶燕窝盅均为海口名菜，被誉为"海南四大名菜"的文昌鸡、加积鸭、东山羊、和乐蟹，以及石山扣羊肉、曲口海鲜、四宝琼山豆腐、斋菜煲等在海口都能吃到，应有尽有，让人大饱口福。

海口市内专营海鲜的排档主要集中在新埠岛沿海路边，可以边吃海鲜，边欣赏海景。海南人烹海鲜的方法多为白灼或火锅，价格实惠。市区内则多为环境幽雅、价格昂贵的酒楼，不论川菜、粤菜、湘菜以及海南本地菜都可以品尝到。海南本地的小吃以海南粉、抱罗粉为主，小吃的配料中都会有一些海鲜干品，此外还有烤红薯、玉米、鸡翅、盐水毛薯、盐水白薯等。

海口住宿

海口的酒店数量众多，共拥有75家星级酒店和400余家旅馆，即使在春节、国庆等旅游旺季，海口的住宿也不会紧张。海口拥有五星级酒店4家、四星级酒店15家、三星级酒店31家、二星级酒店25家，分布在市区、海甸岛、西海岸和桂林洋4个区域。其中西海岸和桂林洋多为临海而建的度假酒店，市区和海甸岛则多为商务酒店和旅游宾馆，适应不同的顾客需求。除节假日外，在海口住宿都可以要求打折，酒店门市价的季节性变化非常大，避开旅游旺季可以节省大量预算。

海口购物

作为海南省的省会城市和商业中心，海口市内汇集了海南岛各地的特色商品，在海口最繁华的商业街——海秀大道上云集了大量旅游纪念品，游客可以买到南珠、水晶、玳瑁、椰雕、珊瑚盆景等工艺品，以及兴隆咖啡、黄灯笼辣椒酱、胡椒、椰糖等海南特产。此外，在海口骑楼老街上有很多土特产商店，可以购得质优价廉的土特产品。

海口娱乐

海口的假日海滩拥有宽广干净的滨海大道，不论踩沙滩、捡贝壳，还是体验各种海上运动都非常合适，晚上还可以在海滩东边的剧场看《印象·海南岛》的实景演出。中国城的巴黎红磨坊歌舞演出充满了海南浪漫风情。若想完全融入海南人的日常生活，可以去海南独有的"老爸茶馆"，感受一下海口普通百姓的日常生活。

海口 人气必游

Tourist Attractions

GO.A
Tourist Attractions
人气必游

GO 001 五公祠

赏 海南第一名胜

　　五公祠位于海南琼山的国兴街道，占地约6.6万平方米，是一处融古建筑、古遗址、园林为一体的旅游风景区，素有"海南第一名胜"之誉。

　　主体建筑五公祠为两层木结构，楼高9米，周围有檐廊，但无斗拱，为海南最早的楼房，故称"海南第一楼"。二楼正面，"海南第一楼"横额赫然入目；楼下大厅楹柱上有副脍炙人口的对联："唐嗟未造，宋恨偏安，天地几人才置诸海外；道契前贤，教兴后学，乾坤有正气在此楼中。"

　　五公祠是纪念被贬来海南岛的唐宋五位历史名臣，即唐代宰相李德裕，宋代宰相李纲、赵鼎，南宋抗金将领李光和胡铨。五公祠还藏有宋徽宗赵佶书写的《神霄玉清万寿宫诏》碑，对研究道家学说和瘦金体书法都有重要的参考价值。

TIPS

地址：海南省海口市琼山区海府路169号　**电话**：0898-65860146　**门票**：25元　**开放时间**：8：00—17：30　**交通**：乘1、4、11、12、14、37、38、41、44、45、202路公交车到五公祠站下车可达　**推荐星级**：★★★★★

海口人气必游 G01
三亚人气必游 G02
文昌人气必游 G03
五指山人气必游 G04
琼海人气必游 G05
万宁人气必游 G06
陵水人气必游 G07
儋州人气必游 G08
东方人气必游 G09
附录：西沙群岛 G10

TIPS ✉地址：海南省海口市秀英区石山镇 ☎电话：0898—65469668 ⏰开放时间：8:00—21:00 🚌交通：乘1、2、3、6、7、16、17、24、28、33、35路公交车到海波市场站下车，换乘中巴车可达 ⭐推荐星级：★★★★★

GO 002 火山口公园

玩 海南省第一家世界级旅游景区

　　火山口公园位于海口市秀英区石山镇，距市区约15公里，是我国唯一的城市滨海热带火山，也是海南省第一座世界级旅游景区。

　　火山口公园由40座火山构成，总面积108平方公里，主要景点有马鞍岭、双池岭、仙人洞、罗京盘等。这里遗留有世界上保存最完整的火山群，几乎涵盖了玄武质火山喷发的各类火山，既有岩浆喷发而成的碎屑锥、熔岩锥、混合锥，又有岩浆与地下水相互作用形成的玛珥火山。

　　园区在火山锥、火山口及玄武岩台地上还培育了热带雨林为代表的生态群落，果园与火山景观融为一体，为热带城市火山生态的杰出代表，并且有千百年来人们利用玄武岩所建的古村落、石屋、石塔和各种生产、生活器具，记载了人与石相伴的火山文化脉络，被称为中华火山文化之经典。

　　到现在，园里火山生态广场、气势恢弘的登山道、千姿百态的古树长廊、万年前的火山喷发口遗迹，还有那纯朴的乡土风情、特色的手工艺品、山乡美食等，使火山口公园已成为省城近郊的旅游热点和海南省优秀旅游景点之一。

GO 003 海口火车站

赏 宛如宫殿的火车站

位于海口市西环路上的海口火车站是中国唯一的跨海铁路——粤海铁路在海南的门户,开往海南的火车在港口与火车轮渡上的铁轨相接,并乘坐轮渡渡过琼州海峡。

蓝白亮色为基调的海口火车站主体由前后两进、四合院结构的二层建筑和两个长约500米的站台构成,是一座漂亮的宫殿式建筑。火车站站前的广场宽阔宏伟,占地面积达到15万平方公里。

海口火车站二层的建筑为仿古宝塔亭榭造型,候车室与车站大厅两座建筑中间的庭园由拱廊相接,模仿三亚著名景点天涯海角,分别有"南天一柱"、"天涯"、"海角"三块大石簇拥在椰树、棕榈树下。两边宽敞的廊坊使庭园和建筑物与外界融为一体,通透自然,凸显热带海岛园林风格,栽满南国奇花异木的花园与古色古香的暗红色车站木门相映生辉。

TIPS ✉**地址:**海南省海口市秀英区新海村 ☎**电话:**0898-68716741 ⏰**开放时间:**全天 🚌**交通:**乘28、35、37、40路公交车到火车站下车可达 ⭐**推荐星级:★★★★**

GO 004 海口人民公园

玩 海口市最大的公园

海口人民公园建于1954年,是海口市最大的公园。它位于市中心的大英山上,占地面积440亩,公园内花木盘山,古树盖顶,风景幽雅秀美。公园正门之前,有东、西二湖。椭圆形的东湖湖中有个岛,岛上有楼阁,游客可以经园门过九曲桥上岛。西湖呈葫芦状,水面宽阔清澈,可以在湖中泛舟。湖畔遍植椰树榕柳,有风吹过的时候,湖面银鳞闪耀,绿树青翠欲滴,令人心旷神怡。若是从空中俯望海口,人民公园犹如楼海中浮起的蓬莱仙境,而东西二湖,就是这座城市明亮的双眼。

一入公园,就能看到屹立在大英山上的海南解放纪念碑,这是为了纪念琼岛革命和渡海作战中英勇牺牲的烈士建造的。在园内,还有冯白驹将军雕像和冯白驹纪念亭。冯白驹将军是琼崖革命武装力量和根据地的创建人,一直奋斗在革命最前线,在担任浙江省副省长的时候,还彻底根除了血吸虫病,被称为"琼崖人民的一面旗帜"。

海口人民公园的动物园里,栖息着50多种热带、亚热带动物,种植了5000多种各种科属的热带、亚热带观赏植物。游客不用出城即可在这里欣赏到热带雨林景色。此外,海口人民公园里还建有影视场、歌舞厅、小型球场、儿童游乐场,每到周末和休息日,这里都会充斥着大人小孩的欢声笑语。

TIPS ✉**地址:**海南省海口市龙华区公园路2号 ☎**电话:**0898-66710346 🎫**门票:**免费 ⏰**开放时间:**8:00—17:30 🚌**交通:**乘1、2、4、5、10、15、16、19、22、28、36、42路公交车到省电台站下车可达 ⭐**推荐星级:★★★★**

海口人气必游 GO1
三亚人气必游 GO2
文昌人气必游 GO3
五指山人气必游 GO4
琼海人气必游 GO5
万宁人气必游 GO6
陵水人气必游 GO7
儋州人气必游 GO8
东方人气必游 GO9
附录:西沙群岛 G10

GO 005 海口世纪大桥

赏 海面一桥悬，南北两岸阔

　　海口世纪大桥位于海口市龙昆北路向北延长线上。修筑历时5年多的世纪大桥，长达2683米。它横跨2公里的海面，北至海甸五西路，南经滨海立交桥、南大立交桥与迎宾大道对接，直通美兰机场，以其雄伟壮观的造型成为海口一个重要的旅游景观和城市标志性建筑，与环抱在滨海大道上的万绿园、海甸河、滨海公园、世纪广场、美丽沙半岛等著名景点一起，构成了具有海南特色、亮丽多姿的"海口外滩"。一到夜晚，世纪大桥上的灯光倒映在湖水里，如梦似幻，尤其美丽。

　　它的建成使海口龙昆北路到海甸岛的行车时间缩短为3分钟，"海面一桥悬，南北两岸阔"说的就是这样的情景。世纪大桥作为琼北沿海的中心枢纽，是琼北110公里带状城镇群的滨海主干道的重要组成部分。

　　世纪大桥的主桥桥面宽29.8米，结构雄伟，造型壮观，既是海南省规模最大的桥梁，也是技术含量最高、施工难度最大的工程。江泽民同志还亲自为大桥题写了名字，至今仍然熠熠生辉。

　　昂首冲天、气贯长虹的世纪大桥宛如一条银色巨龙，带领着每天都在变化之中的海口，迎接着八方游客。

TIPS

◉地址：海南省海口市龙昆北路向北延长线　◉门票：免费　◉开放时间：全天　◉交通：乘5、11、20、23、26、30路公交车到甸昆路口站下车可达　◉推荐星级：★★★★

海口钟楼

海口人气必游 G01

三亚人气必游 G02

文昌人气必游 G03

五指山人气必游 G04

琼海人气必游 G05

万宁人气必游 G06

陵水人气必游 G07

儋州人气必游 G08

东方人气必游 G09

附录 西沙群岛 G10

　　海口钟楼曾经一度被看做海口的象征，成为无数海外游子的精神寄托。它位于在海口市的北部，绿色的草地上巍然屹立着红色的钟楼，让人肃然起敬。

　　海口钟楼的历史可以追溯到一百多年以前。当时，国内沿海港口和东南亚各国来往商船日渐增多，清政府就在海口设立了统管本岛沿海10处港口的海关总口。民国时期，海口的海运愈加发达，港口繁忙嘈杂，但是却没有一个统一标准的计时设施，给交通、商务以及人民生活带来了很大的不便。1928年，爱国商人周成梅先生发动海外侨胞捐款集资，仿照广州、上海等沿海城市，于次年在遥对入海口的长堤马路码头建造了钟楼。

　　当时建成的钟楼为哥特式建筑风格，高五层，清水红砖墙身，顶端四周共筑8支箭尖角，购自德国的一口大钟，每两天都要用一个辘轳将吊砣吊上五楼，然后利用吊砣下降的力让大钟来行走。因为养护得当，大钟报时还是很准确的。

　　1987年，海口市政府重建了海口钟楼。现在的钟楼一共6层，高27.3米，改用了上海"五五五"牌电子钟，每半个小时报时一次。由巨大的扩音器里播出的电子音，清晰洪亮，悠扬悦耳。

TIPS

📧 **地址:** 海南省海口市美兰区长堤路海口儿童公园内　💴 **门票:** 免费　🕐 **开放时间:** 全天　🚌 **交通:** 乘3、5、6、7、14、17、18、20、25、26、27、30、39、43路公交车到钟楼站下车可达　⭐ **推荐星级:** ★★★★

GO 007 西海岸带状公园

玩 游客在海南第一次领略大海美景的地方

西海岸带状公园距海南省海口市中心11公里，位于海口市的西北面，东邻秀英港，南依新海林场，西靠粤海铁路通道码头，北临琼州海峡，是个开放式的滨海公园。

西海岸带状公园已建成和正在兴建的景点有10处：海港遐思、千帆竞秀、西秀晚霞、城郭远眺、沧海明月、高台溅水、假日情怀、游艇之梦、碧海林涛、西堤胜景。这些景点除观看"水世界"表演需买票外，其他都是开放式的，由东向西摆开，任由游人玩赏。

每逢周末或节假日，南国海滨情调的西海岸带状公园就成了都市里的人们放飞心灵的美丽空间和黄金海岸。远处高楼大厦的灯光倒映在海面上，小舟上的渔火同天上闪烁的星星相互辉映，西海岸成了海南岛的不夜公园。

TIPS ✉地址：海南省海口市秀英区滨海大道 ☎电话：0898－68719988 🎫门票：温泉游泳馆10元，热带海洋世界50元，热带雨林博览园20元，海滩免费 🕐开放时间：8:00—18:00 🚌交通：乘29、35、37、40、50路公交车到假日海滩站下车可达 ⭐推荐星级：★★★★★

GO 008 海瑞墓园

赏 清官海瑞的墓园

海瑞墓园位于海南省海口市龙华区丘海大道39号，距离市中心约3公里，是我国历史上著名的清官海瑞的墓园。

海瑞墓建于明万历十七年（1589），据说本来选定的墓址并不在这里，只是当海瑞灵柩运至此处时绳子突然断开，棺材落了地，人们认为这是海瑞在为自己选择墓地，遂将其葬于此。如今的海瑞墓园是1983年以海瑞故居的原貌为依据，又参照明代海南建筑风格加以设计的。1996年，墓园再次扩建，增辟了海瑞纪念园。

整个墓园庄重古朴，葱郁苍翠的椰树、松柏、绿竹使陵园四季常青。海瑞墓室后扩建了扬廉轩，其亭柱上挂有海瑞写的两副对联。轩后有清风阁，展示海瑞的生平事迹，陈列有关文物。园内还建有海瑞文物陈列室供人瞻仰。

TIPS ✉地址：海南省海口市丘海大道39号 ☎电话：0898－68913546 🎫门票：10元 🕐开放时间：8:00—17:30 🚌交通：乘2、33路公交车到海瑞桥站下车可达 ⭐推荐星级：★★★★★

GO 009 海口骑楼老街

赏 海口最具特色的人文景观

　　海口老城位于市区中山路、新华南路、解放东路、博爱路及得胜沙路一带，街道两旁是近百年历史的骑楼，充满南洋建筑风情，是海口最具特色的人文景观。

　　老海口有5条马路，就是现在的长堤路、中山路、博爱路、新华南路和新华北路，围成一个五边形，彼此相通。洋楼多为中西合璧式，砖雕上的花纹是中式的喜鹊梅花，无论上部采用哪种风格，下部一律是南方骑楼形式。雨天的时候，人们在骑楼下行走，既可以欣赏雨中的街景，又不会被淋湿。

　　这些骑楼大多建于20世纪初，是一批批从南洋回来的华侨所建，他们都是早年去南洋谋生的海南人，挣钱后又陆续回海口建立具有南洋风格的骑楼。

　　海口老城是海口最富有生活气息和传奇色彩的地方，2009年，海口骑楼老街以其唯一性被评为首批"中国十大历史文化名街"。

海口人气必游 G01
三亚人气必游 G02
文昌人气必游 G03
五指山人气必游 G04
琼海人气必游 G05
万宁人气必游 G06
陵水人气必游 G07
儋州人气必游 G08
东方人气必游 G09
附录：西沙群岛 G10

GO 010 海南省博物馆

赏 领略海南岛的古老文明和历史风韵

椰冠风流

　　位于海口市国兴大道的海南省博物馆于2008年11月15日正式开馆，博物馆分为三层，共设有10个展厅，其中6个展厅是博物馆的基本陈列展厅，包括海南历史陈列、海南少数民族陈列、海南非物质文化遗产及保护陈列和海南馆藏文物精品陈列4个专题，其余4个展厅作为临时展厅，主要展示国内外众多有影响力的文物精品。

　　海南博物馆内第一层的展厅惟妙惟肖地再现了海南传统生活场景，展出国家文物局赠送的镇馆三宝，分别为战国时期"越王亓北古"错金铭文青铜复合剑、唐三彩马及宋青白釉花口凤首壶。二层的海南历史展厅则展示了大量海南历史文物。三层的少数民族展厅和非物质文化遗产展厅分为历史文物、近现代文物以及民族文物三部分，共展出文物1000多件，是游人了解海南各少数民族文化和边疆特色及历史的绝佳场所。

TIPS

📧**地址**：海南省海口市美兰区国兴大道68号 📞**电话**：0898-68928907 🎫**门票**：免费 🕐**开放时间**：9:00—17:00 🚌**交通**：乘8、28、29、33路公交车到群上村站下车可达 ⭐**推荐星级**：★★★★

海口人气必游 GO1
三亚人气必游 GO2
文昌人气必游 GO3
五指山人气必游 GO4
琼海人气必游 GO5
万宁人气必游 GO6
陵水人气必游 GO7
儋州人气必游 GO8
东方人气必游 GO9
附录：西沙群岛 G10

TIPS

✉ **地址**：海南省海口市琼山区中山南路琼台师院校园内　📞 **电话**：0898-65872309　🎫 **门票**：5元　🕐 **开放时间**：8:00—17:30　🚍 **交通**：乘1、42、44路公交车到琼台师院站下车可达　⭐ **推荐星级**：★★★★

GO 011 琼台书院

赏 海南教育事业的摇篮

　　书院坐落在海口市府城镇中山路琼台师专校园内，距离市中心约4公里，是典型的岭南建筑布局。

　　主楼魁星楼是一座绿瓦红廊的砖木结构建筑，保存完好。一层，抬头只见匾上写着"讲学堂"，有楹联一副："树老花偏嫩，春融枝亦樛"，进门，又一联："养乾坤正气，育天下英才"。二层一侧是掌教的卧室，一侧是书房，中间是掌教的客厅。院里有书院掌教探花张岳崧和进士谢宝的两尊塑像。

　　书院始建于清朝康熙四十年(1705)，据说是为纪念明朝大学士丘浚而建造的，由于丘浚被人们称为"琼台先生"，书院由此得名。民国后，书院办过中学、师范，为革命培养了许多骨干分子。办师范后，又为海南的教育事业培养了一大批教育工作者。书院雕梁画栋，楼前绿树成荫，展示了琼台书院300年的发展及海南的教育史。

GO 012 秀英古炮台

赏 中国清代四大炮台之一

　　秀英炮台位于海口市海秀中路北侧秀英村，是海南古代宏大的军事设施，也是中国近代史上现存最为完整的古代军事设施之一，与广东虎门炮台、上海吴淞炮台、天津的大沽炮台并称中国清代四大炮台。

　　整个炮台区占地约1万平方米，在200米长的海岸小山丘上沿东西直线而筑。设"镇东"、"拱北"、"定西"三座大炮台和"振武"、"振威"两座小炮台，自东向西一字排列，炮门朝北，面临大海，遥控琼州海峡，威风凛凛。

　　历史上秀英炮台曾经怒吼过两次。第一次是光绪十七年（1891）炮台竣工时，张之洞观看试炮，秀英炮台发出了震撼列强的第一声怒吼。第二次是抗战期间，1939年2月10日，在国民党军队撤离时，秀英村的炮兵利用清末修建的炮台，痛击来犯日寇，打响了海南人民抗日第一炮。

　　秀英炮台是海南人民不畏强暴、抵御外敌的历史见证。游客们游览秀英炮台，能充分感受志士的爱国情怀。

TIPS 📍**地址:** 海南省海口市龙华区文华东路　🎫**门票:** 无　🕐**开放时间:** 不开放　🚌**交通:** 乘31、32路公交车到秀英炮台站下车可达　⭐**推荐星级:** ★★★

GO 013 中国城巴黎红磨坊歌舞表演

娱 梦幻夜生活

　　中国城位于海南的海口市龙昆南路上，占地4万平方米，拥有餐饮、康乐、证券、购物等多种功能，被行家誉为海南旅游娱乐业的"航空母舰"。这里虽然有着各种服务，但最有名的，还是位于中国城三楼的巴黎红磨坊歌舞表演。在巴黎，红磨坊是梦幻夜生活的象征，而在中国城的巴黎红磨坊歌舞表演，也同样是游客到达海口、享受夜生活的必经之地。这里拥有着世界一流的高科技音响及艺术灯光效果，舞台规模庞大，气势恢弘，可以容纳近1000名游客观看节目。

　　红磨坊歌舞表演不仅仅只是歌舞，它其实是一场独具特色的集歌舞、杂技、小品为一体的艺术表演。表演有单车顶碗杂技，有观众演员互动的幽默小品，还有功夫过硬的男子双人特技表演。不过真正值得观赏的还是歌舞，特别是将海南的民俗风情舞蹈结合到现代歌舞表演中所创新制作的新型歌舞剧。其中，《海岸风情》、《天涯行》、《党旗飘飘》、《欢乐芭蒂娅》等大型歌舞晚会都受到了观众的好评，尤其是《欢乐芭蒂娅》，它吸取了泰国的传统艺术并加以发扬，演出风格独特而又充满魅力。

TIPS 📍**地址:** 海南省海口市龙昆南路　📞**电话:** 0898-6588888　🚌**交通:** 乘10、11、19、20、21、23、35、33、38路外环、38路内环、45路公交车可达　⭐**推荐星级:** ★★★★

GO 014 万绿园

赏 海口市最大的开放性热带海滨生态园林

　　万绿园位于海南省海口市填海区的东部、滨海大道的中段，总面积1070亩，是海口市最大的开放性热带海滨生态园林风景，也是游人和海口市民休闲运动的好去处。

　　万绿园分为16个景区：大门区、广场区、内湖区、儿童游乐区、草坪区、竹林区、热带观赏植物区、高尔夫球练习场等，将蓝天、绿水、原野、现代化高楼融为一体。园区以海南热带观赏植物为主，还种植国内外热带、亚热带观赏植物，充分体现了热带风光、海滨特色、国际性旅游城市的特点。

　　园中栽种了数百种、近万棵以椰子树为主的热带和亚热带观赏植物，呈现出一派热带园林风光。万绿园有领导贵宾植树区、社会性会团体植树区和公民个人植树区，其中亭、廊、榭、阁等既是观景点，又是被观赏的景点。

　　徜徉于万绿园中，蓝天白云，绿草茵茵，碧海波光粼粼，让你在都市喧嚣之中享受一隅寂静，体会人与自然和谐交融的美好情趣。

TIPS
地址：海南省海口市滨海大道160号　**电话：**0898-68511069　**门票：**免费　**开放时间：**全天　**交通：**乘3、6、9、17、18、22、31、32、37、39、44路公交车以及旅游A、B线等可达　**推荐星级：**★★★★

GO 015 海南热带野生动物园

玩 中国唯一一家岛屿型热带雨林的动植物大观园

海南热带野生动植物园，又叫东山野生动植物园，位于海南琼山市东山镇，坐落在海榆中线距海口27公里处的东山湖畔，是中国首家大型热带野生动植物园，也是中国唯一一家岛屿型热带雨林的动植物大观园。

园内主要设有车行猛兽区、步行观赏区、湖边度假区、中心服务区等。主要观赏景观有：热带植物园、橡胶文化园、海南本土动物展区、亚洲第一大狮园、亚洲第一大猕猴园、亚洲最大的百鸟园。现有植物280科、1000多个品种，是国内典型的热带雨林景观。

📧 **地址**：海南省海口市秀英区东山镇 📞 **电话**：0898—68526666 🎫 **门票**：95元 ⏰ **开放时间**：8:00—17:30 🚌 **交通**：在明珠广场万福隆超市门口乘班车可达（票价68元）⭐ **推荐星级**：★★★★

此外，园内建有鸟艺表演场馆、猴艺表演场馆、动物幼稚园、小小动物世界。除必要的管理和安全设施外，各种动物均自由生活在适宜的自然环境中，因此被游人誉为海南的"生物基因库"和"浓缩了海南岛本土动植物精华的天然博物馆"。

游客可在行车观赏区观非洲狮、虎、黑熊等猛兽在自然状态下的风采，也可在步行区观赏亚洲象、长颈鹿、鳄鱼、河马、巨蜥、长蟒、矮马等，还可与群猴嬉戏，在亚洲颇有盛名的大型无支撑结构的百鸟园漫步。

海口人气必游 G01
三亚人气必游 G02
文昌人气必游 G03
五指山人气必游 G04
琼海人气必游 G05
万宁人气必游 G06
陵水人气必游 G07
儋州人气必游 G08
东方人气必游 G09
附录：西沙群岛 G10

GO 016

印象·海南岛

娱 高科技演绎下的阳光、大海和沙滩

在继《印象·刘三姐》、《印象·丽江》和《印象·西湖》之后，张艺谋、王潮歌和樊跃三位导演为海南量身打造了《印象·海南岛》。和前面三部作品不同，《印象·海南岛》采用了大量的高科技元素，将舞台演出和真实的海景完美地结合在了一起。坐在剧场里能看到逼真的沙滩、宽广的大海、奔腾的海浪以及冲浪的热带鱼，带给观众们有一种身临其境、畅游大海的感觉。

《印象·海南岛》借鉴了音乐剧的演出方式，却没有使用相对完整的剧情，而是通过演员的表演，以及特殊灯光和视频制作的影像与舞台美术的结合，制造出了视觉奇观。这是一个童话一般、带给人无限想象空间的世界。在海阔天空的大自然里，人们放松着自己的身心，无拘无束，无羁无绊，心随风浪而摆动，似浮云而游弋。他们快乐地唱着歌，快乐地晒着太阳，快乐地在海里游玩。灯光营造出了真实的视觉效果，使观众在超越了现实的离奇舞台上，感受到生活本身带来的那份亲切与和睦的感情。

看过演出的游客无不为《印象·海南岛》所倾倒。有的游客甚至发出了"我不想开会、我不想接电话、我不想赚钱，我只想在海边晒太阳"这样的感慨。在如今这个工业文明世界里，还有什么比阳光、大海和沙滩更有吸引力的呢？

TIPS ✉**地址:** 海南省海口市滨海大道160号 ☎**电话:** 0898-60898888 🎟**门票:** 普通席238元，嘉宾席288元，贵宾席688元 🕐**开放时间:** 每天20:30开始、时间约70分钟 🚌**交通:** 乘35、37、40、50路公交车到假日海滩站可达 ⭐**推荐**
星级: ★★★★★

TIPS ✉**地址**：海南省海口市龙华区滨海大道西延线庆龄大道北部 ☎**电话**：0898-68964991 🎫**门票**：免费 ⏰**开放时间**：全天 🚌**交通**：乘28、35、37、40、50路公交车在假日海滩站下车可达 ⭐**推荐星级**：★★★★★

GO 017 **假日海滩**

玩 眺望海口市远景的最佳地点

　　海口假日海滩位于海口市滨海大道西延线庆龄大道北部，东起西秀海滩，西至五源河口，集水上运动、沙滩运动、旅游观光、休闲度假、文化娱乐于一体，是具有国际热带滨海城市特点的大众休闲度假景区。

　　景区由东至西分为海上运动区、海鲜餐饮文化区、沙滩日浴区、休闲度假区4大功能区。海滩景区最大的入口设在位于景区中央的沙滩日浴区，入口处不远可见需十多人合抱的巨大的仿古榕树，引人注目。

假日海滩建有音乐喷泉广场、海水浴场、淡水冲浴房、饮品中心、生态广场、停车场、溜冰场、水上世界，还有摩托艇、帆板和冲浪等水上游乐运动，以及沙滩排球、旱冰等文体活动。

漫步在假日海滩，感受着海沙的洁白、海水的清澈、海风的凉爽。海面船只穿梭，犁银溅玉，阳光、海水、沙滩、椰树相映成趣，构成一幅美丽动人的自然画面。

海口人气必游 G01
三亚人气必游 G02
文昌人气必游 G03
五指山人气必游 G04
琼海人气必游 G05
万宁人气必游 G06
陵水人气必游 G07
儋州人气必游 G08
东方人气必游 G09
附录·西沙群岛 G10

GO 018 西秀海滩公园

玩

国际帆船帆板训练及比赛基地

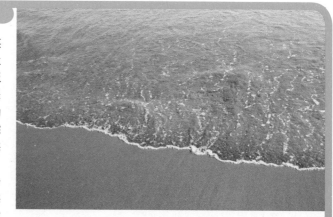

西秀海滩公园（原海口秀英海滨浴场），位于海口市庆龄大道，目前已建成集国际帆船帆板训练及比赛基地、国际游艇俱乐部、大众海滨游泳场和水上运动中心等旅游配套服务为一体的综合竞技、运动、休闲、娱乐滨海旅游胜地。

公园内绿树成行，水清沙平，风景宜人，园内还有假日海滩水世界"罗马剧场"。这里被国家体委确定为国家级帆船帆板冬训基地，许多国家和地区的运动员慕名来此训练比赛，使得西秀海滩公园名扬海内外。

公园沿海岸大道两边是椰林、剑麻等热带植物，风光旖旎，是假日休闲的良好场所。其中热带海洋世界里的海南千年塔是代表海南的标志性建筑，已被载入世界吉尼斯纪录。

TIPS

✉地址：海南省海口市龙华区滨海大道 ☎电话：0898-68661205 🎫门票：免费 🕐开放时间：全天 🚌交通：乘9、28、35、37、40、50路公交车在西秀海滩站下车可达 ★推荐星级：★★★★★

GO 019 临高角

赏 琼州海峡突出的岬角

    临高角位于海南临高县北端，北临北部湾，与雷州半岛隔海相望，在海口市和洋浦经济开发区之间，距县城10公里，水陆交通极其方便。

    临高角是琼州海峡突出中的一岬角，三面环海，有7公里长的海岸线。登临堤上，可观海上日出奇景。岸边千米长的沙滩东西两侧是天然浴场，一边风平浪静，海水清澈；一边波涛滚滚，白絮阵阵，气势磅礴，素有"南海秋涛"之称。

    岸上有古烽火台和一座建于清光绪十九年（1893）的铁灯塔。灯塔高22米、宽1.88米，灯光可照数十里，指引船只夜间航行，是著名的国际航标。1995年4月17日，中国人民解放军45周年纪念大会暨解放海南纪念塑像奠基仪式在临高角隆重举行，为临高角增添了光辉。

TIPS 📧**地址**：海南省临高县 📞**电话**：0898-88285265 🎫**门票**：免费 🕐**开放时间**：全天 🚗**交通**：乘坐长途车到达临高县城，然后租车前往 ⭐**推荐星级**：★★★★

GO 020 临高百仞滩

赏 百仞滩头一驻鞭，层岩飞瀑万雷喧

    古时候被称为"临高八景"之一的百仞滩，地处文澜江的下游、临高县城东北。早在明朝就已经赫赫有名，因这里有很多奇岩怪石，千姿百态，远远望去，就好像很多人头聚结在一起，被称为"百人头滩"。

    著名的"百仞滩声"也是出自这里，文澜江从这里经过，由于地势弯曲，水流湍急，就形成了急泻而下的百仞瀑布，其涛声之大，就连远在十里开外的临高县城都能够听得到。明代文学家王佑曾为此作诗"策马东门道，寻芳百仞滩。白翻波底石，青点海中峦"。《国歌》的词作者田汉也在领略过百仞滩的风景之后，写下了"百仞滩头一驻鞭，层岩飞瀑万雷喧"的诗句。直到如今，百仞滩岸边依然留下了许多诗文碑刻，各种诗歌、题词石刻多达18处，吟诗咏词106篇，由此可见百仞滩的盛名。

    时光匆匆而过，而如今的百仞滩依然保留了原先的模样。一块块被流水冲刷得奇形怪状的大石延绵数百米，文澜江从中穿流而过，除了一串串的瀑布和一曲曲激越的涛声以外，还留下了许多小小的水潭，水潭中还有游鱼。有许多游客特地带着渔竿来带这里旅游，在观瀑听涛之余还能享受垂钓的乐趣。

TIPS 📧**地址**：海南省临高县 📞**电话**：0898-66810815 🎫**门票**：免费 🚗**交通**：乘坐长途车到达临高县城，然后租车前往 ⭐**推荐星级**：★★★★

东寨港红树林

赏 中国面积最大的红树林

海南东寨港红树林保护区位于海口东南方向琼山境内，是我国建立的第一个红树林保护区，是中国7个被列入国际重要湿地名录的保护区之一，区内主要保护对象为红树林及水鸟。

东寨港红树林是全国成片面积最大、种类齐全、保存最完整的红树林。水椰、红榄李、卵叶海桑、拟海桑都是保护区内的珍贵树种，还有海南特有的种类海南海桑和尖叶卤蕨。整个林区按不同树种分布有13个不同群落，千姿百态，风光旖旎。此外，区内现有多达159种鸟类，其中珍稀濒危、属国家二级保护鸟类有黄嘴白鹭、黑脸琵鹭、白琵鹭和黑嘴鸥、小苇千干鸟等，共16种，可谓是"鸟的天堂"。

红树林是热带海岸的重要生态环境，能防浪护岸，又是鱼虾繁衍栖息的理想场所。涨潮时分，茂密的红树林会被潮水淹没，只露出翠绿的树冠随波荡漾，成为壮观的"海上森林"。

游客可乘游船登岛游览，快艇从码头出发，十几分钟就到达野菠萝岛。东寨港还是海南著名的海产品出产地，蚝、对虾、青蟹、血鳝等海鲜让游客大饱口福。

TIPS

📧 **地址:** 海南省海口市美兰区演丰镇　📞 **电话:** 0898-65743139　🎫 **门票:** 10元　🕐 **开放时间:** 全天　🚌 **交通:** 在五公祠乘坐到演丰的中巴车可达　⭐ **推荐星级:** ★★★★★

海口人气必游 G01
三亚人气必游 G02
文昌人气必游 G03
五指山人气必游 G04
琼海人气必游 G05
万宁人气必游 G06
陵水人气必游 G07
儋州人气必游 G08
东方人气必游 G09
附录：西沙群岛 G10

TIPS 地址：海南省海口市琼山区东寨港 电话：0898-65743139 门票：免费 开放时间：全天 交通：在铺前包租渔民的小船可达 推荐星级：★★★★

GO 022 海底村庄

赏 国内外罕见的"海底龙宫"

　　海口琼山东北海岸的东营港、北创港、东寨港和文昌县辅前港附近海域10米左右的水下，有一处名为"仁村"的古村落，是中国唯一一处因地震导致陆地陷落而形成的海底古文化遗址。

　　根据史书记载，距今400多年的明朝万历三十三年（1605）7月13日午夜发生的琼州大地震，震中就在现今琼山县塔市与文昌县辅前之间，大地震导致陆地沉陷的面积多达百余平方公里，可谓国内外罕见。

　　相隔400余年的今天，在每年夏季5、6月份，海水退潮时乘坐游船前往附近海域，透过海水仍旧可看到这处奇特的海底村庄。当年因地震陷落海底的"仁村"中庭院和房屋的遗迹依旧清晰可辨，玄武岩的石板棺材、墓碑、石水井和舂米石等在村落周围随处可见。更神奇的是，在铺前湾与北创港之间的海底，游人可以清晰地看到一座雕工精细的贞节牌坊依旧屹立水下，不时有成群的鱼虾在这座牌坊四周穿梭游动，如同神话故事中的"海底龙宫"一般充满奇幻色彩。

GO 023 热带雨林博览园

赏 海南热带珍奇植物云集的地方

　　热带森林博览园位于海口市滨海西路黄金海岸花园对面，是涵括海南热带珍奇植物资源保护与繁殖、热带林业生物技术科研与开发、热带森林生物多样性展示与生态科普教育、参观游览与休闲保健等多功能的热带滨海城市森林公园。

　　海南热带森林博览园里有生态科研培训中心、音乐喷泉、生态博物馆、生物科技馆、温室，

还有海南榕树种植园、海南特有树种种植园、观光百果园、兰花种植园等10个著名的种植园，种植园内汇集了热带特色树种600多种，大部分是珍稀树种。游客们可以在这里看到200多种兰花，感受海南最大的音乐喷泉以及仿太空飞行物造型的科技馆。如今，热带森林博览园已成为海南省主要的生态旅游景点之一。

TIPS ✉**地址：**海南省海口市滨海西路 ☎**电话：**0898-68701609 ⏰**开放时间：**全天 🚌**交通：**乘28、35、37、40、50路公交车在热带海洋世界站下车可达 ⭐**推荐星级：**★★★★

GO 024 演丰乡村公园

玩 体验最真实的渔家生活

演丰镇位于海口市东海岸，北眺南海，东接东寨港，与文昌市遥遥相望，是中国最美的海南八大海岸线之一，风景优美秀丽，虽然只是一个小镇，却胜似公园。

这里到处都有着海边农村的特色，路边的路牌也做成了犁和船舵的造型，另外还有作为景物特地安置的渔家练功石、起网机、马灯、压网石、犁耙、渔网、渔叉等工具，路边的大树下年迈的阿婆和年轻的姑娘媳妇在编织着渔网，让人感受到渔家最真实的生活。

这里还有着被誉为"海岸卫士"的红树林，它们保护着海岸线不被海浪所侵蚀，而且也是鱼虾繁衍栖息的理想场所。这里是我国最大的红树林保护区，在这壮观的"海上森林"里，有水鸟展翅其间；而每月初九至十一、二十三至二十五潮水特别小的时候，红树林的根就会露出水面，在千奇百怪的树根丛里，有各种各样的招潮蟹爬来爬去，还有许多鸟儿在这里觅食，非常有趣。

TIPS ✉**地址：**海南省海口市美兰区演丰镇 ☎**电话：**0898-65743102 🎫**门票：**免费 ⏰**开放时间：**全天 🚌**交通：**在海口红城湖中巴站乘坐海口到演丰的中巴车可达 ⭐**推荐星级：**★★★★

三亚

三亚 GO!GO!GO!

印象

　　美丽的三亚地处海南岛最南端，沙滩、潜水、海鲜是三亚的永恒主题。这里四季如夏，鲜花盛开，素有"东方夏威夷"的美誉。天涯海角和南天一柱的景观令游人感受天地之间的宏伟壮观，而毗邻的蜈支洲岛则被誉为"中国第一潜水基地"，中国保护最完好的生态珊瑚礁令游人如痴如醉。

气候

　　三亚市地处中热带，年平均气温25.4℃，夏季最高气温35.7℃，冬季平均气温20.7℃，全年日照时间达到2563小时，年平均降雨量1279毫米。四季如夏的三亚素有"三秋不见霜和雪，四季鲜花常盛开"的美誉，即使在冬季游人仍可享受天涯海角的热带风情。

地理

　　三亚时地处海南岛最南端，全市面积1919.58平方公里，北靠高山，南临南海，地势自北向南逐渐倾斜，拥有长达209.1公里的海岸线，40个大小岛屿，其中西瑁洲岛和蜈支洲岛面积较大。

三亚节日

1月 2月 3月 4月 5月 6月 7月 8月 9月 10月 11月 12月

黎苗三月三
农历三月初三

黎苗三月三在三亚市区举行，是海南黎族、苗族的传统节日。2006年三亚首次举办黎苗三月三大型节庆活动，包括圣火传承、篝火狂欢、黎苗艺术展、民族体育竞技、黎苗美事、万人同跳竹竿舞、主题晚会、对歌比赛等丰富多彩的民族活动。

环海南岛国际公路自行车赛
每年11月

环海南岛国际公路自行车赛每年11月在三亚和海口举行，赛段设计涵盖平路、丘陵、山地、计时等公路赛所有类型，总里程1000多公里，为洲际2.1级赛事，在海南掀起了自行车运动热潮。环海南岛国际公路自行车赛参赛队伍资格升格为UCI职业队、UCI洲际职业队、UCI洲际队和国家队4个层次，吸引了五大洲的高水平车队参赛。

南山长寿文化节
农历九月初九

南山长寿文化节在南山文化旅游区举行，作为中国著名长寿之乡的三亚自从1999年举办国际老人节以来，每年都会举办中国南山长寿文化节，以"尊老爱老、健康养生"为节日主题，开展长寿老人展、长寿养生论坛、老年人联欢会等一系列活动。

天涯海角国际婚庆节
每年12月

天涯海角国际婚庆节每年12月在天涯海角风景区举行，集大型婚庆活动和蜜月度假旅游于一体，接受国际、国内新婚夫妇以及金婚、银婚等婚庆夫妇报名参加，通过"鹿城相聚"、"天涯结缘"、"南山祈福"、"东海寄情"等活动，给每对夫妇终生难忘的记忆。

三亚交通

航空

三亚凤凰国际机场位于三亚市西北14公里处，是海南南部最大的国际航空港，目前已开通至上海、北京、天津、广州、香港、澳门、西安、乌鲁木齐、重庆、成都、贵阳、桂林、哈尔滨等地的航线，与境内外63个城市通航。国际旅客中，与我国有外交关系国家的公民持普通护照在海南口岸可以办理"落地签证"，同时，对部分国家的团体旅客，实行15天内"免签证"优惠。

三亚凤凰国际机场开通机场到市区的公交专线8路，可从三亚大东海东站直达机场，车次间隔10分钟左右，收费标准为大东海—机场5元/人，市区内—机场4元/人。

机场巴士有两条运行线路：A线为凤凰机场—大东海，全程票价15元，车程45分钟左右；B线为凤凰机场—三亚湾—市委，全程票价15元；机场到三亚度假村10元。

铁路

三亚新火车站位于市郊荔枝沟，目前已开通三亚至北京西、上海南、广州等地的直达班次。从海口出发只需4小时就可到达三亚，也可选择由北京、上海乘坐直达三亚的快速列车。从三亚火车站乘坐204路公交车可到达三亚市区，票价1元/人，或乘坐出租车到达市区，车费大约15元左右。

海运

三亚凤凰岛四面环海，意大利歌斯达邮轮公司、香港丽星邮轮集团均开通了香港—三亚—越南的不定期船次，油轮在三亚凤凰岛停泊后可乘公交9路车前往市区，也可乘出租车前往，车费10元左右。

出租车

三亚的出租车一般为蓝色，车型多为捷达和爱丽舍，起步价5元/2公里，之后每公里2元，超出市城区20公里以上的回程空驶费为每公里1元，等候费每10分钟2元。此外，在国庆节和春节这样的旅游旺季期间，三亚出租车还会加收5元车费。三亚出租车很多，一般不打表5元就可到达中心城区任意地方。

公共汽车

三亚市内有10余条公交线路，运营时间多为6:00—23:00，实行分段收费，票价1至4元不等，此外三亚还有很多私营的中巴专线，酒店和度假村也有开往市区和各大景点的免费观光车，非常适合背包族。

每天6:00—19:40有从亚龙湾假日酒店开往天涯海角的旅游专线双层观光巴士，观光巴士上层为敞棚，下层有空调，票价8元，每小时一班。

从大小洞天开往蝴蝶谷的信国线旅游公交每10分钟一班，全程票价18元，运营时间为6:00—18:00。

三亚美食

三亚是海南最主要的旅游城市，在这里可以品尝到文昌鸡、加积鸭、东山羊、和乐蟹海南四大名菜，以及鱼、虾、贝、蟹等各式生猛海鲜。诸

如清蒸石斑、花蟹滚粥、鲍鱼仔、蒸带子、蒸海胆、生吃龙虾、椒盐濑尿虾等受欢迎的海鲜料理，以及黎族竹筒饭和苗族五色饭等黎苗风味美食都是在三亚不可错过的美味。

三亚娱乐

三亚最为著名的就是这里的海洋休闲运动，海水浴、阳光浴、沙滩排球、沙滩足球、海上摩托艇、海上快艇、海上拖曳伞、海滩风筝、海上单车、海上垂钓、帆板、帆船、游船观光等海上运动，以及浮潜、半潜式观光船、海底漫步等水下项目都是最吸引游人的休闲娱乐项目。此外，大东海水世界演艺中心的水上芭蕾表演是亚洲唯一常年进行的大型表演节目，是来到三亚不可错过的娱乐休闲项目之一。

三亚住宿

三亚市拥有星级酒店84家，其中五星级酒店7家、四星级酒店18家、三星级酒店28家、二星级酒店24家，以及7家一星级酒店。此外还有大量家庭旅馆。三亚的酒店主要集中在亚龙湾、大东海、三亚湾、珠江南田温泉度假区、南山文化旅游区和蜈支洲岛六大区域，其中亚龙湾、大东海和三亚湾以临海而建的度假酒店为主，环境优美，多为四、五星级的酒店。珠江南田温泉度假区、南山文化旅游区和蜈支洲岛多为景区内修建的豪华度假酒店，分别以温泉疗养、修身养性和海底潜水、海上游乐等休闲方式为主。

三亚购物

三亚是海南最主要的旅游城市，市区内的红旗街是海南旅游小商品最集中的地方，其中食品、茶叶、贝壳、珍珠等工艺纪念品店鳞次栉比，价格比各旅游景区便宜。也可在海南最著名的珍珠品牌店——海润和京润珍珠专卖店挑选珍珠，虽然价格略高，但质量和信誉都有保证。

三亚

人气必游

Tourist Attractions

GO.B
Tourist Attractions
人气
必游

GO 001 天涯海角

 令人朝思暮想的地方

出三亚市，沿海滨西行26公里，到达了马岭山下，便是"天涯海角"奇景。

天涯海角景区包括分居大门两侧的天涯购物寨和民族风情园、历史名人雕塑园，这三个地方不用

TIPS

📧 **地址：**海南省三亚市天涯镇　📞 **电话：**0898-88270988　🎫 **门票：**65元　🕐 **开放时间：**7：00—19：00　🚌 **交通：**在三亚市区内乘坐中巴车直达景区，或者在三亚汽车西站乘坐旅游巴士　⭐ **推荐星级：**★★★★★

耗费太多时间，进门直走到大门内正对海边的八角广场，观赏海景。

天涯海角上铭刻的"天涯"二字为清雍正年间（1723—1736）的崖州知州程哲所刻。"天涯"二字下端是民国初年留下的"海阔天空"四个大字。转过"天涯"巨石，"海角"二字则刻在一座高耸的石峰上，据说是清末某个文人所题。

这里碧水蓝天一色，烟波浩渺，帆影点点，椰林婆娑，奇石林立，刻有"天涯"、"海角"、"南天一柱"、"海判南天"等字的巨石雄峙海滨，使整个景区如诗如画，美不胜收。

海口人气必游 G01

三亚人气必游 G02

文昌人气必游 G03

五指山人气必游 G04

琼海人气必游 G05

万宁人气必游 G06

陵水人气必游 G07

儋州人气必游 G08

东方人气必游 G09

附录：西沙群岛 312

GO 002 玩 亚龙湾热带天堂森林公园

《非诚勿扰2》拍摄地

"忽闻海上有仙山，山在虚无缥缈间"。亚龙湾热带天堂森林公园虽然并不是真正的天堂，但是这里的风景，完全能够用天堂来形容。森林公园位于三亚市东南25公里处，仿佛一个巨人一般，伸展由六道岭、围凤岭、逐鹿岭、飞龙岭、龙头岭、双龙岭、青梅岭和亚龙山等山头组成的双臂，环抱着"天下第一湾"，总面积达1506公顷。

森林公园覆盖着热带常绿性雨林和热带半落叶季雨林。在郁郁葱葱的热带雨林之中，石阶栈道依稀可见，亭台楼阁比比皆是。乘坐盘旋在山巅云天的生态游览车道，不仅能够轻松上山，还能饱览逐鹿岭、烟波亭、过江龙索桥、千里亭、升官石、龙门石等优美的景色。而徒步攀登，也有乘坐缆车所享受不到的乐趣，其中飞来石、百果园、兰花谷、雨林奇观、空山亭等数十处景观让人感慨不虚此行。

在森林公园里，所有的建筑都是以纯天然的木料、石材、树皮、茅草打造，和周边的原生态环境完美地融合在了一起。而星罗棋布在海天之间、雨林之上的鸟巢度假木屋也已经成为这里的一景，是电影《非诚勿扰2》的拍摄地。它外表古朴，内里却舒适豪华，既没有破坏这里的和谐，又让游客享受到山水之乐。栖居于丛林之上，看海天一色，听虫唱鸟鸣，远离尘嚣，这种生活让人神往。

TIPS

📩 **地址：**海南省三亚市亚龙湾　📞 **电话：**0898-31651766　🎫 **门票：**175元　🕐 **开放时间：**8:00—20:00　🚌 **交通：**乘15路公交车或者新国线双层观光巴士可达　⭐ **推荐星级：**★★★★★

亚龙湾沙滩

玩 天下第一湾

　　亚龙湾位于三亚市东南28公里处，是海南最南端的一个半月形海湾，全长约7.5公里，是海南名景之一，被誉为"天下第一湾"，被《国家地理杂志》评为"中国最美八大湾之一"，同时也是高档度假酒店的聚集地。

　　湾内共有5个岛屿，以野猪岛为中心，南有东洲岛、西洲岛，西有东排、西排。度假区以亚龙湾中心广场为中心点，建有亚龙湾蝴蝶谷和亚龙湾贝壳馆供游人游览。南边码头巨石嶙峋，形状奇特，有摇摇欲坠的"天涯飞来石"、栩栩如生的"蛇口"和巧夺天工的"狼口"。

亚龙湾亚龙湾由珊瑚和贝壳风化后形成的沙滩，平缓宽阔，洁白细软，是三亚海湾中沙质最优越的。亚龙湾又被称为"东方夏威夷"，可海滩长度约是美国夏威夷的3倍。

亚龙湾不仅是滨海浴场，而且也是难得的潜水胜地。海水浴场、奇石、怪滩、田园风光，构成了独具特色的风景。

TIPS ◎**地址**：海南省三亚市东　❋**门票**：免费　◎**开放时间**：全天　◻**交通**：在三亚汽车西站乘坐泰和公交车可达　✿**推荐星级**：★★★★★

海口人气必游 G01
三亚人气必游 G02
文昌人气必游 G03
五指山人气必游 G04
琼海人气必游 G05
万宁人气必游 G06
陵水人气必游 G07
儋州人气必游 G08
东方人气必游 G09
附录：西沙群岛 G10

亚龙湾蝴蝶谷

赏 蝴蝶文化公园

　　亚龙湾蝴蝶谷位于亚龙湾小龙潭湖后部，离中心广场不远。谷内小桥流水，景色宜人。谷内自然生长着千万只蝴蝶，随处可见色彩艳丽的彩蝶在绿树繁花间翩翩起舞。谷内拥有一个大型生态蝴蝶园和一个藏有2000多只珍贵蝴蝶、昆虫标本的博物馆。

　　标本展览馆馆内陈列着各类精美蝴蝶及昆虫标本500多种。标本制作室是制作蝴蝶标本和工艺品的工作场所，把自然死去的蝴蝶回收加工，实现了资源再利用。由于其优良的生态环境，加上合理的人工改造，蝴蝶谷已成为世界上独具特色、人类与自然结合得最完美的蝴蝶园之一。

　　蝴蝶谷是我国第一个设施完善的、自然与人工巧妙结合的蝴蝶文化公园，也是我国第一个集展览、科教、旅游、购物为一体的蝴蝶文化公园。

TIPS ✉地址：海南省三亚市亚龙湾 ☎电话：0898-88568720 🎫门票：26元 🕐开放时间：8:00—18:00 🚌交通：在三亚市区内乘坐中巴车直达景区，或者在三亚汽车西站乘坐旅游巴士 ★推荐星级：★★★★

GO 005 亚龙湾海底世界

赏 中国开展海底观光旅游的最佳景区

　　亚龙湾拥有中国最迷人的海湾，洁白细腻的沙滩与蔚蓝的大海吸引了来自世界各地的游人。这里拥有世界上最大、最完整的软珊瑚族群以及丰富多彩的硬珊瑚、热带鱼类等海洋生物，堪称是海底观光旅游的绝佳地点。

　　亚龙湾海底世界以海底游览为主题，集海上娱乐城和休闲度假村于一体，现已建成包括海底世界游览、美人礁岛屿水肺潜水、海底漫步、徒手潜水、深海潜水摩托、拖电伞、香蕉船、快艇观光、玻璃观光船、摩托艇、沙滩摩托车、冲浪飞车、冲浪、沙滩浴场等娱乐项目，还有与之配套的海底世界沙滩酒店。游人在这里不仅可以体验丰富多彩的水上项目，更可以潜入蔚蓝的大海中，尽情欣赏世界上种类最为繁多的硬珊瑚和软珊瑚，身畔不时游过各类鱼群和水生物，宛如置身神话传说中的海底龙宫一般，并可以领略到海底世界的无限乐趣。

TIPS 📧**地址:**海南省三亚市亚龙湾 📞**电话:**0898-88565588 🎫**门票:**260元 🕐**开放时间:**8:00—17:00 🚌**交通:**乘中巴车或乘102路泰和公交车可达 ✿**推荐星级:**★★★★

GO 006 亚龙湾广场和贝壳馆

赏 千姿百态的贝壳世界

　　亚龙湾中心广场位于亚龙湾国家旅游度假区中，毗邻大海，面积逾7万平方米，建有大型停车场、接待中心、餐饮中心、购物中心、美食广场及海上活动中心等设施，是集游览、接待、餐饮、娱乐为一体的综合性广场，是亚龙湾国家旅游度假区的标志性建筑，也是亚龙湾的交通枢纽站。贝壳馆就位于亚龙湾中心广场的底层，是中国第一个以贝类为主题，集展览、销售为一体的综合性展馆。

　　中心广场的图腾柱向蓝天升腾，雕塑群向大地和大海延伸，其宏伟气势和独特的艺术造型，以有限的艺术空间形式，引导我们的想象向无限的空间扩展。而贝壳馆内设计新颖独特，以自然热情的色调为主，体现海底世界的无穷魅力，被喻为海南陆地上的"海洋世界"。

　　广场外围还设计了5组造型优美的白色帐篷及大型彩色喷泉。亚龙湾中心广场以其美丽的自然风貌与恢弘的建筑群落组成了闲逸流畅的人文景观。

　　在贝壳馆，游人们可观赏到酷似老人般负重的蚯蚓丛螺、闪闪发光的黄金宝贝螺、大西洋的天使之翼螺、中国南海的巨蛇螺，堪称世界之最。观赏之余，千万莫错过那座名叫"贝壳之船"的购物厅，选购几件来自海底的礼物，为自己留下蔚蓝色的回忆。

TIPS 📧**地址:**海南省三亚市亚龙湾 📞**电话:**0898-88568899 🎫**门票:**69元 🕐**开放时间:**7:30—18:00 🚌**交通:**乘中巴车或乘102路泰和公交车可达 ✿**推荐星级:**★★★★

文昌人气必游 G03
五指山人气必游 G04
琼海人气必游 G05
万宁人气必游 G06
陵水人气必游 G07
儋州人气必游 G08
东方人气必游 G09
附录：西沙群岛 G10

图腾柱

赏 庄严神秘的图腾柱

图腾柱是亚龙湾中心广场的最高点，高26.8米，由200多块巨大的花岗石和直径2.5米的铝合金柱组成，上面雕刻龙、凤、太阳鸟、鱼以及风雨雷电四神的图案。

围绕图腾柱的中心雕塑区，形成3圈石阵，气势宏大，形象独特：第一圈有四季标志与日晷24节气雕塑；第二圈表现盘古开天地、女娲补天、嫦娥奔月、刑天舞干戚、大禹治水、牛郎织女、后羿射日、夸父追日等8个远古神话；第三圈反映宇宙、人、动物、植物万物生灵及8位中国古代神灵。图腾柱和雕塑群浑然一体，构成强烈的中国古天文意识和东方神秘色彩。图腾柱旁还有4个白色风帆式的尖顶帐篷，给具有古老文化意蕴的广场增添了现代气息。

图腾柱仿佛整个中华民族渴望振兴的一种象征。蔚蓝的天空、和煦的海风、青翠的山峦、碧澄的海水，以及金灿灿的阳光，把这座图腾柱烘托得格外神秘与威严。

TIPS 📍地址：海南省三亚市亚龙湾 📞电话：0898－88568899 🎫门票：69元 🕐开放时间：7:30—18:00 🚌交通：乘中巴车或乘102路泰和公交车可达 ⭐推荐星级：★★★★

海口人气必游 G01
三亚人气必游 G02
文昌人气必游 G03
五指山人气必游 G04
琼海人气必游 G05
万宁人气必游 G06
陵水人气必游 G07
儋州人气必游 G08
东方人气必游 G09
附录 西沙群岛 G10

GO 008 西岛海上游天涯

赏 从海上欣赏天涯海角的浪漫之旅

　　除了步行游览天涯海角外，在西岛还可乘坐豪华游轮以另一种方式从海上欣赏天涯海角的美景。

　　西岛海上观光游船从肖旗港的西岛码头起航，向西出发，沿途会经过爱心大世界、日月石、海枯石烂石、牛王岭等景点，返回原地，全程大约50分钟。情侣们可以在豪华的海上游轮上欣赏天涯海角的浪漫，领略天地尽头的浩瀚与壮美；也可从海上远眺高108米的南山观音像，带着虔诚的心情遥拜；还可在途径牛王岭的时候一览三亚湾全景，感受这里如天堂一般的美丽。

TIPS
✉ 地址：海南省三亚市西南海面　📞 电话：0898-88261862　🎫 门票：65元　🕐 开放时间：8:00—17:30　🚌 交通：乘亚龙湾到大小洞天或市区到天涯海角的公交车到西岛码头，然后乘船前往　⭐ 推荐星级：★★★★

西岛

海南省第二大岛

GO
009
赏

西岛又名玳瑁岛、西瑁岛，位于三亚湾国家自然保护区内，全岛面积2.8平方公里。居民3000多人，世代打鱼为生，是海南省沿海仅次于大洲岛的第二大岛屿。

西岛的钓鱼俱乐部是最值得去的地方，位于东面海域，也是目前三亚最大、

最专业的钓鱼俱乐部。这里建有几个海上垂钓平台，平台上备有包厢，音乐茶座，同时，为了满足游客需求，俱乐部准备了豪华快艇，让客人能荡舟远海，放长线钓大鱼。

此外，在尽情游玩之后，游客可以在面积900平方米的海边风味餐厅，尽情享受各种海味

海口人气必游 G01

三亚人气必游 G02

文昌人气必游 G03

五指山人气必游 G04

琼海人气必游 G05

万宁人气必游 G06

陵水人气必游 G07

儋州人气必游 G08

东方人气必游 G09

附录：西沙群岛 G10

TIPS ✉**地址：**海南省三亚市西南海面 ☎**电话：**0898-88261862 🎫**门票：**130元 🕐**开放时间：**8:00—17:30 🚌**交通：**乘亚龙湾到大小洞天或市区到天涯海角的公交车到西岛码头，然后乘船前往 ⭐**推荐星级：★★★★**

及海南特色菜。入夜，游客可以下榻由千吨级游轮改建成的海上宾馆，体验各种丰富的夜间活动。

由于远离城市，海水污染少，岛上风景秀丽，空气清新，沙滩柔和，海水清澈见底。环岛海域生长着大量美丽的珊瑚，聚居着各种色彩斑斓的热带海鱼，宛如一个巨大的热带海洋生态圈，是一个休闲度假的好地方。

TIPS
✉ **地址**：海南省三亚市以西　📞 **电话**：0898—88261862　🎫 **门票**：135元　🕐 **开放时间**：7：30—18：40　🚌 **交通**：乘亚龙湾到大小洞天的旅游公交可达　✿ **推荐星级**：★★★★★

GO 010 南山大小洞天

赏 海南最古老的景点

南山大小洞天旅游区古称"鳌山"，位于海南三亚市以西40公里处的南山西南隅，总面积22.5平方公里，枕海壁立，为崖州古城之南面屏障。

大小洞天旅游区内有太极广场、小洞天、椰风海韵、南极寿谷等景观，并有小洞天、钓台、海山奇观、仙人足、试剑峰等历代诗文摩崖石刻，被誉为"琼崖第一山水名胜"。

自宋代开山辟为旅游景点以来，大小洞天已有800多年的历史，是海南岛历史最悠久的风景名胜。据史料记载，宋代著名神仙道士、南宗五祖之一的白玉蟾归隐于此，修建道观，传播道家文化。

南山大小洞天旅游区如今成为以传统的道家文化为主题，融热带海滨风光、民俗风情、休闲度假、聚道养生、道家人文景观、道家文化艺术为一体的风景区。

鹿回头山顶公园

南海情山

鹿回头公园位于三亚市区东南鹿回头半岛上，三面环海，一面毗邻三亚市区，以"情文化"为主题定位，素有"南海情山"的美誉。

这里是登高望海和观看日出日落的制高点，在山顶可以俯瞰市区和小东海的全貌。每年的中秋之夜，天涯海角风景区和鹿回头公园两个活动场地都会举行丰富多彩的庆祝及游园活动——鹿山赏月大会。其他情文化景点还有"爱"字摩崖石刻、永结同心台、连心锁、夫妻树、仙鹿树、海枯不烂石、月老雕像、爱心永恒石刻等。

此外，公园还开辟有黎族民俗文化长廊、黎族村寨风格的"玫瑰抱"和黎族歌舞表演场，以及"丰收图"等黎族图腾石刻，展示着黎族人民多姿多彩的风土人情。

鹿回头公园以"情文化"为主题定位，让游客对爱情产生无限甜蜜的憧憬。每年天涯海角国际婚庆节期间，情侣们必定会来到这里海誓山盟，情定终身。

TIPS ✉ **地址**：海南省三亚市鹿岭路27号 ☎ **电话**：0898-88213740 🎫 **门票**：45元 🕐 **开放时间**：7:00—22:00 🚌 **交通**：在长途汽车站坐2路大东海至民航或到田独的专线车，到鹿回头站下车可达 ★ **推荐星级**：★★★★

海口人气必游 GO1
三亚人气必游 GO2
文昌人气必游 GO3
五指山人气必游 GO4
琼海人气必游 GO5
万宁人气必游 GO6
陵水人气必游 GO7
儋州人气必游 GO8
东方人气必游 GO9
附录·西沙群岛 GO10

TIPS ✉地址：海南省三亚市以西南山南麓 ☎电话：0898-88837888 🎫门票：150元 🕐开放时间：8：30—17：00 🚌交通：乘坐亚龙湾至大小洞天的旅游公交可达 ⭐推荐星级：★★★★★

GO 012 南山文化旅游区

赏 琼南佛教名山

南山又称鳌山，自古就是琼南名山，位于三亚市南山南麓的南山文化旅游区北临崖州古城，南邻大小洞天，区内共分为南山佛教文化园、中国福寿文化园和南海风情文化园三部分，融热带海洋风光、中国佛教文化、福寿文化、历史古迹于一体。

进入南山首先要穿过一道大门，大门名为"不二法门"，大门后有不二法门广场。广场正中矗立着一座8米高的纯白色观音塑像，观音像分为三面，眉目间满是慈祥关爱，令人心生敬仰。在南山佛教文化园内，以南山寺和高108米的南海观音佛像为核心，建有观音文化苑、天竺圣迹、佛教名胜景观苑、十方塔林与归根园、佛教文化交流中心、群像雕塑、菩提树林、酸豆树林、素斋购物一条街等景点。此外，在景区内还有一尊用黄金、钻石，以及各色珠宝宝石制成，高3.8米的金玉观音像。观音像底座为紫檀木雕刻而成，整尊塑像金光闪闪，据说仅黄金就用了上百公斤，在观音像内还安放有佛祖释迦牟尼的舍利，因而更显珍贵。

南海风情文化园突出展现了中国南海之滨的自然风光和黎村苗寨的文化风情，同时还有大量中国、日本和欧洲的雕塑与建筑融入园林之中，与周围花香鸟语相映成趣，形成天人合一的文化景观。浓厚的佛教文化渊源与参天古树在这里交相辉映，形成一座展示中国佛教传统文化的迷人园区。

GO 013 妈祖庙

赏 海南历史最悠久的庙宇之一

位于蜈支洲岛上的妈祖庙是海南省历史最悠久的庙宇之一，庙中最初供奉的却并非妈祖，而是创造汉字的仓颉。

相传清代末年有一位名叫吴华存的道人遍访海南周边诸岛炼丹修身，来到蜈支洲岛后被这里的秀美风景吸引而结庐居住。当时的崖州官员得知吴华存占据蜈支洲岛的消息后派人查看，发现小岛风景秀美，认为不应被吴华存独自占有而应造福世人，于是由当时州府募集资金后在清光绪二十四年（1898）修建了一座庵堂，并取名为海上涵三观，供奉仓颉。

辛亥革命后清政府倒台，庵堂也逐渐无人管理，附近的渔民经过并不知这所破败的庵堂中供奉的是何方神祇，于是推倒仓颉塑像后集资重塑了一尊航海保护神妈祖。之后随着历史变迁，庙宇逐渐坍塌破败，直到1993年蜈支洲岛的开发建设者才在岛上重建了妈祖庙。如今，古朴的殿堂中香烟缭绕，往来的游人和渔民都会在这里烧香祈愿，祈求妈祖保佑平安。

TIPS 📍**地址**：海南省三亚市海棠湾 📞**电话**：0898-88751012 🎫**门票**：120元 🕐**开放时间**：8：00—18：00 🚌**交通**：乘坐中巴车或出租车到达蜈支洲码头，然后乘船前往 ⭐**推荐星级**：★★★★

海口人气必游 G01
三亚人气必游 G02
文昌人气必游 G03
五指山人气必游 G24
琼海人气必游 G05
万宁人气必游 G06
陵水人气必游 G07
儋州人气必游 G08
东方人气必游 G09
附录：西沙群岛 G10

蜈支洲岛

中国第一潜水基地

蜈支洲岛地处三亚海棠湾，距离三亚市东北部海岸2.7公里，是海南岛周围为数不多的有淡水资源和丰富植被的小岛。

蜈支洲岛地貌美丽而有层次。岛的中部坡地逶迤，藤蔓缠结，是一片热带植物林，西部及北部形成一弯玉带状的银色沙滩，沙质均匀细腻，海水颜色层次分明。东部、南部两峰相连，礁石林立，惊涛拍岸。大风或大潮时，海浪咆哮奔腾激起的浪花可高达十

米，形成独特的山海奇观。

蜈支洲岛上还有古迹妈祖庙，又名"海上涵三观"，如果住在岛上，一定记得去观日岩看日出，那里是海南观日的绝佳之地。

蜈支洲岛享有"中国第一潜水基地"的美誉。海底世界五彩斑斓，有中国保护最完好的生态珊瑚礁，各种海上、海底娱乐活动也能带给游客原始、静谧、浪漫和动感时尚的休闲体验。

TIPS ✉ **地址：**海南省三亚市海棠湾　📞 **电话：**0898-88751012　💲 **门票：**120元　🕐 **开放时间：**全天　🚌 **交通：**乘坐中巴车或出租车到达蜈支洲码头，然后乘船前往　✿ **推荐星级：**★★★★

GO 015 水上渔家

赏 海上的吉卜赛人

在三亚的南海港，海面上有着数不清的渔船。它们一个紧挨着另一个，用船板将彼此联系起来，船上桅杆林立，炊烟袅袅，这就是有名的水上渔家，而这些渔船则被称为"渔排"。这些水上渔家长年累月与风浪为伴，以船楫为家，如同漂浮于盐水之上的鸡蛋，所以也被称为疍户、疍民。

他们有着"海上的吉卜赛人"的称号，对他们来说，水上生活已经比在陆地上生活更加舒适。在疍家人聚居的港湾，六七岁的儿童也可以熟练地驾船、戏水，至于捕鱼，那已经是他们的本能了。

疍家是个非常特殊的群体，解放初期民族甄别时，差点把疍家当成了中国的第57个少数民族。有学者认为他们是古越族的后代，在秦朝被官军逼迫，逃入海河上居住，以捕鱼为生，此后世代传承。关于他们的历史，最早见于史料的，是宋朝的《太平寰宇记》。上面记载着"疍户，多生于江海，居于舟船，逐水而居"的条目。由此可见，疍家人至少是在宋朝以前就开始水居了。

疍家人从古至今都以捕鱼和采集珍珠为生。不过随着时代和科技的进步，他们也开始向海产养殖业方向发展，还有一些疍家人办起了餐厅，专营海鲜和疍家传统菜，其中有一道老虎鱼粥，还被冠以了"天下第一粥"的美名。

TIPS ✉ **地址：**海南省三亚市东、西两河岸边　💲 **门票：**游览一次给船主3-50元即可　🚌 **交通：**在三亚市区乘坐公交车在三亚西河岸边下车后在码头招呼小船船主即可　✿ **推荐星级：**★★★★

海口人气必游 G01
三亚人气必游 G02
文昌人气必游 G03
五指山人气必游 G04
琼海人气必游 G05
万宁人气必游 G06
陵水人气必游 G07
儋州人气必游 G08
东方人气必游 G09
附录：西沙群岛 G11

小东海

玩

三亚新兴的旅游休闲胜地

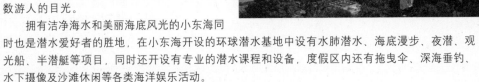

　　小东海位于鹿回头开发区，距离三亚市中心大约4公里，是三亚新兴的旅游休闲胜地。

　　作为游人观光休闲的新兴景区之一，小东海海域的水质达到一类标准，拥有海洋生物600余种，海底的珊瑚礁群、热带鱼群以及岸上充满古朴风韵的木质建筑都吸引了无数游人的目光。

　　拥有洁净海水和美丽海底风光的小东海同时也是潜水爱好者的胜地，在小东海开设的环球潜水基地中设有水肺潜水、海底漫步、夜潜、观光船、半潜艇等项目，同时还开设有专业的潜水课程和设备，度假区内还有拖曳伞、深海垂钓、水下摄像及沙滩休闲等各类海洋娱乐活动。

TIPS

📧**地址**：海南省三亚市南 📞**电话**：0898—65307006 🎫**门票**：免费 🕐**开放时间**：全天 🚌**交通**：在火车站乘4路公交车；在亚龙湾乘坐15路公交车；在市内乘202、204路公交车或者新国线旅游巴士到达大东海后乘坐出租车前往 ⭐**推荐星级**：★★★★

海口人气必游 G01

三亚人气必游 G02

文昌人气必游 G03

五指山人气必游 G04

琼海人气必游 G05

万宁人气必游 G02

陵水人气必游 G02

儋州人气必游 G06

东方人气必游 G05

附录 西沙群岛 G72

Tip **地址**：海南省三亚市南 **电话**：0898-88228228 **门票**：免费 **开放时间**：全天 **交通**：在火车站乘4路公交车；在亚龙湾乘坐15路公交车；在市内乘坐202、204路公交车或者新国线旅游巴士可达 **推荐星级**：★★★★

GO 017 大东海

玩 三亚最早开发的海滩

位于兔子尾和鹿回头两山之间的大东海距离三亚市区3公里，是离市区最近的海湾，海滩边上建有风格各异的度假酒店和大型海滨广场，相比亚龙湾和三亚湾，这是一处夜晚热闹的消遣休闲胜地。

三面环山、一面临海的大东海海湾全长2.1公里，是三亚最早被开发、最具规模的热带海滨度假区。翠绿的椰林在沙滩上随着和煦的暖风轻轻摇摆着，沙滩上还有一个海螺形状的女子雕像，与周围的蓝天碧海相映成趣。

顺着海滩向东走上数百米，有一座滨海公园，公园中的小山顶上有一座观海亭，站在亭中可俯瞰整个大东海。毗邻的白鹭公园是白鹭的天堂，湖边和湖心中随处可以看到白鹭的靓丽身影。

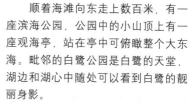

夜晚的大东海是三亚市民休闲消遣的圣地，附近的海滨度假酒店内常年进行多种水上活动和沙滩运动。游客或是在教练的带领下潜水，或是乘坐观光潜艇欣赏海底的美景，尽情享受一处怡人的休闲海湾。

GO 018 呀诺达

玩 没有冬天的热带雨林景区

呀诺达雨林文化旅游区是北纬18度线上一处没有冬天的热带雨林景区，在雨林谷内生长的原始森林和次森林令每一个来到呀诺达的游人震惊不已。绞杀植物、空中花篮、老茎生花、高板根、藤本攀附、根包石是海南热带雨林的六大奇观，同时也是海南岛上五大热带雨林的精品浓缩。

呀诺达雨林文化旅游区分为蓝月谷和梦幻谷两个区域。游人可乘坐电瓶车或旅游巴士游览沿途的热带雨林奇观，或是经过生态栈道和飞瀑索道，在巨

TIPS 📧**地址**：海南省三亚市保亭县三道镇 📞**电话**：0898-83883333 🎫**门票**：130元 🕐**开放时间**：7:20—18:00 🚌**交通**：在火车站乘4路公交车；在亚龙湾乘坐15路公交车；在市内乘坐202、204路公交车或者新国线旅游巴士到达大东海后，乘坐前往景区的免费巴士即可 ⭐**推荐星级**：★★★★

石两边陡峭的石级上、悬空摇晃的过山吊桥与峡谷飞瀑中攀爬铁索行走，感受雨林深处的静谧和神奇，领略飞瀑戏水的刺激和乐趣，体会空中天道的震撼和新奇。

此外，在呀诺达雨林文化旅游区内的观景台上，游客还可眺望毗邻的海棠湾、蜈支洲岛、南湾猴岛，风景绝佳。

GO 019 龙虎园

玩 热带风情的动物园

　　龙虎园位于海南省三亚市田独镇榆红村山脚下，占地400多亩。

　　园内动物区里有300多只孟加拉虎和1万多条暹罗鳄鱼。30多名泰国工作人员担负着饲养和繁育的任务。进入龙虎园还可以观赏花木，三角梅是用我国台湾和泰国的植物嫁接而成。

　　这里分区建有生态科技馆、大象表演馆、老虎表演馆、鳄鱼表演馆、智猪表演馆、以鳄鱼大餐为主的泰国餐馆、热带兰花花园、特色产品购物商场等。

　　在龙虎园内，整个项目集观赏、游乐、饮食、购物、科研及科普与环保教育为一体，游客可参与各种活动，充满了趣味性和知识性。

海口人气必游 G01

三亚人气必游 G02

文昌人气必游 G03

五指山人气必游 G04

琼海人气必游 G05

万宁人气必游 G06

陵水人气必游 G07

儋州人气必游 G08

东方人气必游 G09

附录：西沙群岛 G10

TIPS

📧**地址：**海南省三亚市榆红村 📞**电话：**0898-88715333 🎫**门票：**50元 🕐**开放时间：**8:00—18:00 🚌**交通：**包车或乘坐出租车前往 ⭐**推荐星级：**★★★

GO 020 亚运会南端点火台

赏 第十一届亚运会火炬南端点火仪式举办地

　　亚运会南端点火台位于三亚市。南端点火台系钢筋混凝土结构，由中间的主体楼、东侧的阶梯及西侧的附楼三部分组成。主体楼为筒中筒结构，由外部的方筒与内部的圆筒组成，分为两层，每层高4.5米，各层均有宽敞明亮的大厅。

　　1990年8月23日，亚运会火炬南端点火仪式在这里隆重举行。站在南端点火台，三亚市区历历在目，海边不远的天涯海角风景区尽收眼底。极目远眺，只见海天一色，南海浩瀚无边，渔帆点点，使人心中豁然开阔。

TIPS

📧**地址：**海南省三亚市天涯镇 🎫**门票：**免费 🕐**开放时间：**全天 🚌**交通：**在三亚市区内乘坐中巴车直达景区，或者在三亚汽车西站乘坐旅游巴士也可到达 ⭐**推荐星级：**★★★

热带海洋动物园

赏 度假休闲的理想之地

热带海洋动物园位于天涯海角景区内西侧，有林中石路相连，居于椰林、白沙、碧浪之间，占地50余亩。

热带海洋动物园东与天涯海角石比邻，西与著名旅游景点南山寺相连。园内建有海豚海狮表演馆、鸟类表演馆、水族馆、灵龟馆等8个观赏旅游项目。

热带海洋水族馆展示豹纹鲨、白鳍鲨、燕鱼和活体珊瑚。鸟类表演馆、灵龟馆、鳄鱼馆分别展示我国南方数种珍禽、几十种鹦鹉、各种珍稀海龟和从泰国引进的湾鳄。

热带海洋动物园融海洋智慧、生命灵气于一方，是度假休闲的理想之地。

TIPS 🏠**地址**：海南省三亚市天涯镇 ☎**电话**：0898-88910158 🎫**门票**：58元 🕐**开放时间**：8：30—18：30 🚌**交通**：乘坐双层旅游观光巴士或者101路中巴公交车可达 ⭐**推荐星级**：★★★★

GO 022

虎头

玩 海南唯一未被开发的海湾

　　虎头湾位于海南岛最南端，距市区20公里，西接六道湾，东倚亚龙湾。湾内海水平静，清澈见底，沙滩细软，洁白如银；两侧奇峰林立，怪石嶙峋，树木苍翠，令人流连忘返。

　　在海湾可以进行露营、游泳、排球、足球、浮潜、攀岩、烧烤、海钓、下网捕鱼等活动。

虎头湾为海南唯一未被开发、保留着原始景观的海湾。这是一方净土，远离都市的喧嚣，没有被踏足的痕迹，阳光、空气、海水、沙滩、绿荫丛林都唯你所有。

GO 023 崖州古城

赏 幽人处士谪居之处

　　崖州古城位于三亚市西40多公里处，即现海南三亚市崖城镇。

　　崖州城的城门已修缮一新，显得雄伟壮观，中外游客川流不息。在崖城还有闻名海内外的风景区大小洞天，其形如巨鳌，枕海壁立，峰峦竞秀，林木重叠，山奇石怪，千姿百态，绿榕垂荫，红豆如星，泉清似醴。

　　古崖州城在宋朝以前为土城，南宋庆元四年（1198）始砌砖墙。历代文人墨客、达官名流的流配谪居，广东、浙江、福建等发达地区的商贾留居落籍，都对崖州城的兴盛有重要的影响。

　　今天的崖城，以其悠久的历史和繁多的名胜古迹而成为海南旅游胜地。

TIPS ◉**地址：**海南省三亚市崖城镇 ◉**电话：**0898-65306138 ◉**门票：**免费 ◉**开放时间：**全天 ◉**交通：**乘坐前往崖州镇的中巴即达 ◉**推荐星级：**★★★★

GO 024 水世界演艺中心

娱 精彩的水上表演

　　在海南三亚旅游，白天享受了阳光、沙滩和海水浴之后，晚上是不是就只能回宾馆睡觉了呢？濒临三亚大东海的水世界演艺中心能够让游客享受到海南的另一番特色。这里依山傍水，风光旖旎，富有浓郁的热带滨海风光。每当夜晚到来之际，无论是优美的水上芭蕾，还是仅仅只是吟风听海，欣赏椰风海韵，都令人惬意不已。

　　位于三亚的水世界演艺中心，每天晚上19:30—21:00都会举行盛大的表演。无论是刺激的高空跳水，还是惹人捧腹发笑的滑稽跳水，又或者惊险优美的杂技跳水，都只是前奏而已。这里最有名的还是水上芭蕾的演出。身着鲜艳泳衣的职业舞者，宛如凌波仙子一般，伴随着欢快的音乐，时而在水中，时而在水面，时而站立，时而只将双腿露出水面，甚至还会仿佛游鱼一般跃出水面。这些舞者宛若精灵一般，构成了一幅幅美丽的图案和造型，让人忍不住击节赞叹。

　　另外，水世界演艺中心也抓住了世界流行的节奏。在节目的最后，还会举行世界名模服装秀。在水面上搭建的T型台上，穿着流行服装的世界名模展示给游客的，不仅仅是他们身上的那些服装，还有这座海滨城市的时尚品味。

TIPS ◉**地址：**海南省三亚市海星路 ◉**电话：**0898-88250099 ◉**门票：**128元 ◉**开放时间：**每天17:30和21:00各有一场 ◉**交通：**在火车站乘4路，在亚龙湾乘坐15路公交车，在市内乘坐202或204路车或者新国线旅游巴士都可到达 ◉**推荐星级：**★★★★

TIPS ✉地址：海南省三亚市天涯镇 📞电话：0898—88919138 🎫门票：108元 🕐开放时间：7：00—18：00 🚗交通：乘坐出租车或者三轮摩托车前往 ✱推荐星级：★★★★

GO 025 爱心大世界

玩 泰国风情的爱心动物世界

　　位于天涯海角的三亚爱心大世界，以东至大兵河、南端点火台，以南至海边，占地面积473亩。它不仅仅只是一个大型的游乐园，还是科学普及和科学研究的基地，有300只孟加拉虎，暹罗鳄鱼也多达2000多条，另外这里还建有濒危野生动物救护中心和灵长类动物繁殖研究中心，是目前全国最大的老虎和鳄鱼繁殖研究中心。

　　爱心大世界的大象表演馆、智猪表演馆、鳄鱼表演馆和老虎表演馆是最吸引游客的地方，游客可以欣赏到这些动物们生动活泼、憨态可掬的样子，也能了解它们的生活习性和相关知识，还可以和它们合影。喜爱动物的游客，还可以亲自用奶瓶给小老虎喂奶，享受一下照顾"老虎宝宝"的快乐。

　　在植物生态区里，绿树成荫，花草茂盛，生长着热带地区的各种树木。游客在这里可不仅仅只是一个欣赏者，园区提供了小树苗，游客可以亲自种植成长树，并在植树卡上写下自己的心愿与祝福。若干年以后旧地重游，看到自己亲手种植的小树变成了参天大树，是多么有成就感的事情啊！

　　爱心大世界的表演区也同样吸引人，这里有着泰国风情的舞蹈表演，热情的演员们会邀请台下的观众加入到他们的舞蹈中去。另外，如果肚子饿了，还能在这里品尝到正宗的泰国美食。

GO 026 三亚东锣岛

赏 海南省热带雨林的典范

　　位于三亚市梅山县海域的东锣岛，被游客们称为三亚唯一的处女岛。这里只有一个灯塔，没有人家，在这个还未开发的小岛之上，有美不胜收的日出和夕阳美景，其热带自然景观也是海南省热带雨林的典范。

　　岛上陡峭的山崖之上，覆盖着郁郁葱葱的热带雨林，天然形成的石洞里扑朔迷离。因为远离城市的缘故，没有受到什么污染，附近的海水清澈见底，生长着大量美丽的珊瑚，还能够看到许多色彩斑斓的热带海鱼在珊瑚丛里游来游去。游客们既可以上山探险，攀爬至东锣岛的最高处，去探寻热带海岛丛林里的秘密，眺望海面，感受海天一色的美丽风光；也能够潜海下去观察活生生的珊瑚和漂亮的热带鱼，仔细欣赏梦境般的童话世界。

　　在饱食了一顿美味的海鲜大餐之后，静静地躺在帐篷里，倾听着涛声，或者去沙滩上来一场痛快的沙滩排球，再或者仅仅只是任凭自己漂浮在碧绿的海水之上；都能让人感觉到无比惬意。东锣岛是自然和谐的王国，这里远离人烟，没有红尘杂事，也没有车水马龙的喧闹，没有追名逐利，也没有尔虞我诈；这里只有清新的空气、幽静的环境、悠然自得的闲云野鹤和串枝拔节的奇花异草。这里，是九陌红尘飞不到的神仙造化的世外桃源。

TIPS

📧 **地址**：海南省三亚市梅山镇角头村西南海上　🎫 **门票**：免费　🕐 **开放时间**：全天　🚌 **交通**：乘车到梅山镇，在码头乘船前往　✪ **推荐星级**：★★★

GO 027 椰梦长廊

逛 亚洲第一大道

　　椰梦长廊环三亚湾所建，是一条非常著名的海滨风景大道，被誉为"亚洲第一大道"。因为道路两旁种植了大量的椰子树，像一条长长的走廊，走在路上就仿佛置身梦幻世界里，所以被称为椰梦长廊。

　　椰梦长廊临海的一侧是景观优美的热带植物园林，与银色的沙滩、蓝色的大海相映成趣；而另一侧则是魅力四射的

海口人气必游 GO1
三亚人气必游 GO2
文昌人气必游 GO3
五指山人气必游 GO4
琼海人气必游 GO5
万宁人气必游 GO6
陵水人气必游 GO7
儋州人气必游 GO8
东方人气必游 GO9
附录 西沙群岛 GO10

休闲度假区，布局非常巧妙。二十里长的滨海大道依湾绵延，椰树成林西行延伸至天涯湾。蜿蜒的海岸线上绿树如带，如果三亚湾是一个美丽的少女，那么这条椰梦长廊就是凸显出她窈窕身材的绿色腰带。

椰梦长廊每天都是那么的热闹，人们在这里都能自得其乐：有拿着渔竿钓鱼的，也有拉网捕鱼的；有游泳的，也有玩帆船的；有在椰子树下休息的，也有在沙滩上烧烤的。这里最美的时候是傍晚，当日薄西山的时候，余霞满天，大海仿佛燃烧了起来，夕阳下的沙滩也闪烁着碎金般的光芒，让人感受到了海的壮阔和夕阳的柔美，而整个椰梦长廊也在喧闹了一天后，回归到了最原始的安宁。

椰梦长廊也是三亚市最繁华的街道之一。这条街上有大量酒店旅馆，站在酒店的阳台上，能够看到一小片白沙滩，然后就是充斥了整个视野的碧蓝的大海。湛蓝的海，蔚蓝的天，海天一线，连成一片，仿佛整个蔚蓝星球都在你的眼底。

TIPS 📧**地址:**海南省三亚市 📞**电话:**0898-88268453 🎫**门票:**免费 🕐**开放时间:**全天 🚌**交通:**乘坐新国线双层观光巴士可达，或者在市区乘坐206路公车，在大东海公交站牌乘坐8路车到达 ⭐**推荐星级:**★★★★★

GO 028 赏 京润珍珠博物馆
领略南国珍珠文化

在中国，早在四千多年以前，就有书籍记载了有关珍珠的内容。南海自古就盛产珍珠，世界三大珍珠博物馆之一、中国唯一的珍珠博物馆京润珍珠博物馆就坐落在三亚市凤凰机场路口、田独镇亨新大道旁，占地38亩。在这里，游客不仅能够感受到恢弘大气的珍珠历史，还能体验到浓郁的南国珍珠文化。

京润珍珠博物馆与普通博物馆不同，将文字说明、图画展示、实物或标本陈列、场景缩微模拟、仿真蜡人展示等手法全部用上，再辅以声、光、电等现代的高科技手段，使参观者闻其声、触其形。博物馆还采用了非常逼真的各种场景缩微模拟，使参观者能更加真切地了解到珍珠从养殖、生产，到加工的全部过程。在这里，还能观赏到中国最大的海水珍珠王、中国最大的天然珠、世界最古老的珍珠、世界十大名珠及产自世界各地的珍珠；甚至博物馆还特别制作了中国历史上拥有珍珠极品最多的慈禧太后蜡像、佩戴世界顶级珍珠精品的戴安娜皇妃的蜡像等，使参观者能够直观地感受到珍珠文化的气息。

在博物馆的展销厅，游客可以购买精美的珍珠及饰品，另外也可以亲自选贝，把里面的珍珠拿给工作人员现场制作成珍珠饰物，享受一把DIY的乐趣。

TIPS 📧**地址:**海南省三亚市田独镇亨新大道 📞**电话:**0898-88341805 🎫**门票:**免费 🕐**开放时间:**8:00—17:30 🚌**交通:**乘坐市内到天涯镇的专线中巴即达 ⭐**推荐星级:**★★★

三亚湾

GO 029

玩

三亚风景群的核心

三亚湾是三亚风景群的核心。它紧邻三亚凤凰机场，东起三亚湾，西至天涯湾，连绵二十里的滨海大道蜿蜒曲折，两旁椰树成林，将整条大道装饰得仿佛画廊一般。

在三亚湾，任意挑出一个地方，都是风景绝美之处。在洁白如雪的沙滩上漫步，欣赏远处湛蓝的海水，只见东、西玳瑁岛两座小岛比邻而望；或者在椰树下乘凉小憩，宁静舒适。三亚湾西边的海坡度假区，沙滩质地柔软，海水洁净，更是游泳的好去处。

三亚湾的夕阳异常美丽。每当日落时分，晚霞鲜艳得仿佛大半个天空都在燃烧一般。要是在港口旁驻足，还能赶上渔民赶海拉网。在漫天的红霞之下，众人奋力拉着长达百米的巨大拖网，同时喊着高亢的号子，有时需要3个小时才能把网全部拉上岸。打上来的海鲜会被送到附近迎宾大道的小渔市去售卖，在看完晚霞之后赶去的话，还能够吃到新鲜的海鲜烧烤大餐。

不过在三亚湾也不仅仅能吃到海鲜，这里还有闻名遐迩的南国四大果品。酸粉汤的主料是米粉条，配上醇香的鲜鲨鱼片、虾饼、豆豉酱、布花酸菜丝、芝麻油、花生米、辣椒、醋，吃一口又酸、又辣、又香。猪肠粉也是米粉做的，先蒸后煮，配上炸虾馍、炸花生米、炸虾米、烤猪肉和葱花，口感香滑。米花糖则是将糯米、粳米炒出来的米花加上红糖水制成。姜糖汤圆更是一绝，用花生、芝麻和椰子丝做成的馅配上爽口的姜糖水，味道清凉可口，让人回味无穷。

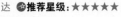

TIPS

✉ **地址：** 海南省三亚市　📞 **电话：** 0898-88268453　🎫 **门票：** 免费
🕐 **开放时间：** 全天　🚌 **交通：** 乘坐新国线双层观光巴士可达，或者在市区乘坐206路公车，在大东海公交站牌乘坐8路车到达　⭐ **推荐星级：** ★★★★★

三亚美丽之冠文化会展中心

美丽、浪漫、国际、时尚的殿堂

一进入三亚，首先能看到就是这栋仿佛白色皇冠的建筑。三亚美丽之冠文化会展中心位于三亚河畔，它是专门为第53届世界小姐总决赛而建造的比赛会场。这里曾经连续举办过从53—56届的4届世界小姐总决赛。2007年12月1日，中国小姐张梓琳就是在这里技压群芳，夺得第57届世界小姐总决赛冠军。

洁白的美丽之冠呈椭圆形，采用了钢索膜结构，造型简洁大方，象征着"花团锦簇，众星捧月，托起一顶皇冠"。尤其是夜幕之下，更是显得分外妖娆，各色灯光由膜屋盖和玻璃幕墙里穿透出来，让整个建筑晶莹剔透，好像水晶一般，三亚河中的倒影随着微泛的涟漪，如幻似真。

它建筑面积13000平方米，能够容纳2000名观众。在这里，每天晚上都会上演一出名为《浪漫天涯》的大型旅游文艺晚会，它以"美丽、浪漫、国际、时尚"作为主线，不仅向旅游者展示了宝岛海南梦幻般的自然风光和多姿的民族风情，同时也让游客领略到海南深邃的人文蕴涵。

作为世界小姐总决赛会场，美丽之冠里也设有美丽博物馆。这里不仅出售世界小姐的卡片、饰品、各国风情饰物、大赛的徽章、相关书籍等，游客还能够参与知识问答、竞猜、抽奖，并能获赠一些小礼品。同时，这里还摆放了历届世界小姐的蜡像，游客们可以和这些世界小姐们"近距离接触"。

海口人气必游
三亚人气必游
文昌人气必游
五指山人气必游
琼海人气必游
万宁人气必游
陵水人气必游
儋州人气必游
东方人气必游
附录：西沙群岛

TIPS

🏠 **地址**：海南省三亚市新风路299号　📞 **电话**：0898-88665222　🎫 **门票**：免费　🕐 **开放时间**：表演时间20：00—21：30
🚌 **交通**：乘坐7路公交车到美丽之冠站下车即达　✨ **推荐星级**：★★★★

文昌

文昌 GO! GO! GO!

印象

位于海南省东北部的文昌市历史悠久，从汉武帝元封元年（公元前116年）至今已有2100多年历史。文昌古称紫贝县，直到贞观元年（627年）才更名为文昌县。文昌以椰文化著称，有海南地区椰林最为繁茂的东郊椰林，素有"椰子之乡"的美誉。此外，文昌市还名人辈出，不仅是宋庆龄的故乡，还涌现出196位将军，素有"将军之乡"的美誉。

地理

文昌市地处海南东北部，东、南、北三面临海，拥有长达206.7公里的海岸线，遍布着大小岛屿43个、自然港湾36处。

气候

文昌市地处热带北缘沿海地带，属热带季风岛屿型气候，四季分明，无霜冻，年平均温度为23.9℃，年平均日照1953.8小时，年平均湿度为86％，最小湿度为34％。每年11月至次年3月，这里一派阳光明艳、树木葱茏的夏日景象，可以尽情享受冬季里的夏日时光。

文昌节日

元宵节送灯

时间：农历正月十五

元宵节送灯在文昌市东城镇举行。每年农历正月十五晚上，人们都会手举一盏盏花灯，跟着最前面领队的"灯主"排成一队长龙，沿途敲锣打鼓，燃放爆竹，到离村不远的公庙去挂灯。灯一挂好，四周的人们就蜂拥而上，相传抢到花灯的人家会人丁兴旺、财源滚滚。此外，元宵节送灯的过程中还有跳盅盘舞、演木偶红、琼戏等文娱活动。

1月 2月 3月 4月 5月 6月 7月 8月 9月 10月 11月 12月

文昌交通

出租车

文昌出租车起步价为3元/2公里，等候费、夜间行驶费等费用另计，是市区内旅游最方便的交通工具。此外，文昌市还具有一种独特的交通工具——蹦蹦车，又名采风车，费用便宜，但乘坐时需注意安全问题。

文昌美食

文昌鸡名列海南四大名菜之首，是为数众多的海南美食中最具特色的一道美味，白切文昌鸡，配上绿油油的虾酱地瓜叶，以及用鸡汤煮的香喷喷的鸡饭和清凉的冬瓜海螺汤，再加上一碟开胃的酸甜黄瓜，就成了海南人最热爱的海南鸡饭，素有"轻咬一口百味生，三千佳肴无颜色"的美誉。此外，当地的文昌抱罗粉也是早餐时的绝佳选择之一。

文昌购物

文昌是椰子之乡，当地的工匠因地制宜地将椰子加工成各种以动物为原型的工艺品，成为最具特色的旅游纪念品之一。文昌东郊是椰雕的主要产地，街头巷尾都可以买到造型各异的椰雕工艺品。

文昌
人气必游

GO.C
Tourist Attractions
人气
必游

海口人气必游 G01

三亚人气必游 G02

文昌人气必游 G03

五指山人气必游 G04

琼海人气必游 G05

万宁人气必游 G06

陵水人气必游 G07

儋州人气必游 G08

东方人气必游 G09

附录: 西沙群岛 G10

GO 001 赏 文昌宋氏祖居

宋氏三姐妹的故居

文昌宋氏祖居位于文昌市昌洒镇古路园村，坐落在一片果树环抱的山丘上，周围绿树成荫，环境幽静。沿着进村的林荫小道走100多米，就可到达宋氏祖居。

修葺一新的宋庆龄祖居为当地传统的农家宅院，由2间正屋、2间门楼和院墙组成，占地1500平方米，建筑面积198平方米。

为纪念宋庆龄及其家族，文昌市人民政府于1985年修复宋氏祖居，并在宋庆龄基金会和海内外友好人士的支持下相继兴建宋庆龄陈列馆、宋庆龄植物园，还在祖居北边竖起了高达3.2米的宋庆龄汉白玉雕像。

陈列馆内分别陈列着宋庆龄青少年时代、革命战争年代和从事世界和平事业时期的史料、照片、图表、绘画、仿制实物等，体现了国内外各界人士对她的深切怀念。

TIPS

📧**地址:** 海南省文昌市洒镇古路园村 📞**电话:** 0898-63308418 🎫**门票:** 30元 🕐**开放时间:** 8:00—18:00 🚌**交通:** 在海口汽车东站乘坐到昌洒镇的大巴车或中巴车，然后换乘坐三轮车；或在文昌汽车总站乘到昌洒镇的中巴，再换乘三轮车可达 ⭐**推荐星级:** ★★★★

GO 002 文昌七洲列岛

赏 海南省最东部的海岛

七洲列岛位于海南文昌市东部，由7个岛群组成。七洲列岛是我省最东部的海岛。天高气远之日，隐约可见几个小岛浮在浩瀚的海面上，那就是七洲列岛，文昌渔民称之为"七洲峙"。

七洲列岛自古名列"文昌八景"之最，远观及近览均奇特秀丽。七洲列岛上鸥鸟成群，云遮雾绕，还有神秘的海上洞穴、斑斓的海底世界，是令人神往的海上仙岛。

七洲列岛名字来源于它的7个岛群。自西向东，山势略略抬升，如一艘巨舰泊在海上，一任风起浪涌。从一面向另一面看去，对面的阳光透过洞口，就如点燃了一盏油灯，灯峙由此得名。

翁田镇与龙马乡交界的河门、白坪一带海滩，距七洲列岛仅10余海里，晴朗之时，在海滩或岸岗上遥观七洲列岛的三景，回味无穷。

TIPS 📧**地址**：海南省文昌市东部　🎫**门票**：免费　🕐**开放时间**：全天　🚍**交通**：从海口乘坐至文昌的省直快车，再转乘当地的中巴车或是摩至文昌清澜港，从文昌清澜港出发，乘坐轮渡可达　⭐**推荐星级**：★★★★

GO 003 文昌孔庙

赏 海南第一庙

文昌孔庙位于文昌县城文东路77号，是海南省保存最完整的古建筑群，也是我国南方最具特色的古文化游游点之一，被誉为"海南第一庙"，属省级重点文物保护单位。

文庙布局严谨，左右对称，庭院宽广，占地面积共3300平方米。前庭中轴线上布有棂星门、泮池、状元桥和温文尔雅的孔子全身塑像。桥边一古井，名曰"圣泉"。后院主建筑为大成门和大成殿，内设孔子神龛、神像、神牌、四配十二哲神位、楹联，祭器齐全。

文昌孔庙史建于北宋庆历年间（1041—1049），明洪武八年（1375）迁于现址，建筑面积3300平方米。清代康熙皇帝玺印的"万世师表"、嘉庆皇帝玺印的"圣集大成"、咸丰皇帝玺印的"德齐帱载"、光绪

皇帝玺印的"圣协时中"4块涂金描红的巨匾，赫然悬挂殿中。文昌孔庙以它古色古香的明、清两代建筑工艺和启蒙益智的儒家文化氛围，深深地吸引着莘莘学子、海外华侨和国内外游客。

TIPS 📧**地址**：海南省文昌市沿江西路 📞**电话**：0898-63227482 🎫**门票**：30元 🕐**开放时间**：8：00—18：00 🚌**交通**：在文昌汽车站乘坐风采车可达，票价2元 ⭐**推荐星级**：★★★★

GO 004 文昌金沙岛渔家乐

玩 渔家儿女订终身的情侣洲

文昌金沙岛渔家乐位于文昌市清澜港出海口的金沙岛上，设有大型拖网、小网捕鱼、铁耙螺等13项让游客参与的娱乐项目。

金沙岛每月被海水淹没一次，最大涨潮时该洲只有3个篮球场大；最大退潮时该洲可有3个足球场大，站在沙洲上四面碧波荡漾，如临仙境。沙洲还会随季节、水文不同变更移动。

金沙岛又名"情侣洲"。传说很久以前，该地区发生灾荒，百姓流离失所，玉帝知情后，特派财神爷携带两袋金沙前往救济，不料途经该海域时，袋子被大鹰啄破，故撒下两堆金沙，财神爷发觉后，召来海龙王看护，因此形成今日沙岛。后传财神爷为方便寻找金沙，特嘱海龙王以木块为记，后人为感其德，保留其木，建庙纪念。此后因渔家儿女喜欢来此私订终身，又名"情侣洲"。

TIPS 📧**地址**：海南省文昌市东郊镇东郊椰林滨海小沙岛 📞**电话**：0898-63538204 🎫**门票**：50元 🕐**开放时间**：全天 🚌**交通**：从海口乘坐至文昌的省直快车，再转乘当地的中巴车或是摩的至文昌清澜港。从文昌清澜港出发，乘坐轮渡到对面的码头后换乘摩托车前往 ⭐**推荐星级**：★★★★

海口人气必游 GO1
三亚人气必游
文昌人气必游 GO3
五指山人气必游 GO4
琼海人气必游 GO5
万宁人气必游
陵水人气必游 GO7
儋州人气必游 GO8
东方人气必游 GO9
附录：西沙群岛 G10

GO 005 文昌东郊椰林

　　文昌东郊椰林位于文昌市境内的东郊镇，与著名的清澜港相邻，是海南著名的风景区之一。

　　这里有50多万株椰树，有红椰、青椰、良种矮椰、高椰、水椰等。椰子水被当地人称为"天水"，清甜甘美，含有多种有益元素，据说经常饮用可以使人返老还童。

　　身处这椰树的王国，不管把视线投到哪里，都能看到高矮不等、斜直各异、婆娑多姿的椰树。当地农民能飞快地爬上20多米高的椰树为你摘下椰子，在椰林里喝着新鲜椰汁，你会感到通体舒畅。

　　椰林周边路况很好，弯路很多。沿途一派热带田园风光，美景无限。当地有很多海鲜馆，可以吃到各种新鲜的海货。你可以自己去渔排上挑想吃的东西，店里的人会推荐一些名贵的海鲜，不必受这种干扰。

TIPS

✉地址：海南省文昌市东郊镇海滨　📞电话：0898-63538204　🎫门票：20元　🕐开放时间：全天　🚌交通：从海口乘坐至文昌的省直快车，再转乘当地的中巴车或摩的至文昌清澜港。从文昌清澜港出发，乘坐轮渡到对面的码头后换乘摩托车前往　⭐推荐星级：★★★★

海口人气必游 G01
三亚人气必游 G02
文昌人气必游 G03
五指山人气必游 G04
琼海人气必游 G05
万宁人气必游 G06
陵水人气必游 G07
儋州人气必游 G08
东方人气必游 G09
附录·西沙群岛 G10

TIPS ✉**地址**：海南省文昌市龙楼镇 ☎**电话**：0898—66661003 🎫**门票**：免费，停车费10元 🕐**开放时间**：全天 🚌**交通**：乘坐海口至龙楼镇的中巴车或大巴车，再乘坐当地的三轮车到达，或者从文昌租车前 ⭐**推荐星级**：★★★★

GO 006 铜鼓岭自然保护区

赏 海南最东角

铜鼓岭自然保护区位于文昌市龙楼镇，以铜鼓岭为中心。铜鼓岭绵亘20公里，是海南的最东角。

铜鼓岭区域三面环海，地貌奇特，植被繁茂，不仅景观奇秀，而且自然资源丰富，有名贵的珍禽异兽、多种药材、檀香木，以及大面积的青皮林。铜鼓岭自然保护区内有铜鼓岭、月亮湾、大澳湾、石头公园、铜鼓嘴、云龙湾等景点。

铜鼓岭保护区的保护对象是热带常绿雨矮林生态系统及其野生动物、地貌景观（即海蚀地貌）、珊瑚礁及其底栖生物。区内发现一种国内外罕见的特殊植被类型———滨海低海拔型热带常绿季雨矮林。这对研究琼北地区的植物种群变迁、气候变化、基因利用开发等具有重要的科学价值。

游人登高远眺，月亮湾海浪翻涌千层，渔帆游弋，群鸥翔翔，远眺七洲列岛如彩珠洒落海中。另外，铜鼓岭出产一种野生的鹧鸪茶，据说对感冒有一定的疗效，适合馈赠亲友。

GO 007 文昌名人山 乡村公园

玩 鸟类的天堂

　　名人山乡村公园，位于海文高速40公里处的大致坡东路出口旁，处在名人山鸟类自然保护区。

　　名人山鸟类自然保护区总面积32600亩，是国内第一个完全由私人投资创建的鸟类自然保护区。区内有珍稀植物1000多种，受国家保护的灰鹤、白鹭、牛背鹭及本地鸟等鸟类达100多种，数量几万只。

　　这里还是琼崖纵队著名将领冯平的故乡，建有冯平烈士纪念馆。绵延的乡村森林，构成人间绿色博物馆。大面积的湖泊湿地引无数本地鸟、各类候鸟来此繁殖、栖息，形成天然的鸟类天堂，成为海南省文昌市青少年生态环保教育基地。

　　名人山庄，依傍风光绮丽的白鹭湖畔，附设垂钓、烧烤、野炊、乡村风情屋、多功能生态环保知识展厅、浴荫湖边会议室、帐篷等设施，是一个集观赏、度假、休闲为一体的纯生态旅游山庄，令游客置身其间流连忘返。

TIPS 📍**地址：**海南省文昌市东路镇 📞**电话：**0898－63439126 🎫**门票：**15元 🕐**开放时间：**全天 🚌**交通：**从文昌市乘坐中巴车或者包车前往 ⭐**推荐星级：**★★★★

GO 008 定安热带 飞禽世界

赏 全国最大的鸟类公园

　　海南热带飞禽世界地处海南省安定县塔岭开发区，是目前国内最大的鸟文化主题公园。

　　在由近千种不同植物美化而成的466亩生态空间里，展示着300余种、3万余只热带飞禽，涵盖了海南鸟类的绝大多数。这里面有世界最大的鸟——鸵鸟，有世界上第二小的小鸟——珍珠鸟，有飞得最高的鸟——天鹅，有鸟中潜水冠军——凤头潜鸭……特别值得一提的是：其中有50余种鸟类，都属于海南独有，游客难得一见。

　　在这个鸟类王国中，除了能欣赏到千姿百态的鸟类外，多才多艺的鸟类明星们还将带给你精彩纷呈的飞禽表演。这里还是花的海洋，近千种奇花异木点缀在园区，直插云天的乔木，婆娑起舞的花灌木，碧绿如茵的草地，一年四季，繁花似锦……好一派具有南国风情的热带风光。

　　众多散放的鸟类，或徜徉林间，或栖于枝头，又或翱翔于蓝天白云间，无拘无束，自由自在地享受着大自然的美好。倾听天籁鸟音，感悟祥和世界，绝对值得一游。

TIPS 📍**地址：**海南省定安县塔岭开发区 📞**电话：**0898－66787537 🎫**门票：**60元 🕐**开放时间：**7:00——18:30 🚌**交通：**从海口包车前往 ⭐**推荐星级：**★★★★

海口人气必游 G01
三亚人气必游 G02
文昌人气必游 G03
五指山人气必游 G04
琼海人气必游 G05
万宁人气必游 G06
陵水人气必游 G07
儋州人气必游 G08
东方人气必游 G09
附录·西沙群岛 G10

GO009 石头公园

赏 奇岩异石汇聚之地

　　石头公园位于海南省文昌市龙楼镇，以铜鼓岭为中心，是海南的最东角，公园沿海长2公里，数万年前造山运动时隆出地表，经漫长岁月潮汐的拍打雕刻和风化而成。

　　石头公园由三部分组成：第一部分气势磅礴，石头形状千姿百态，有的重达千吨。特别是风动石，上圆下尖，风吹能动，摇而不倒，12级台风也不能把它吹倒。第二部分由墨绿色的花岗岩组成，石头较为平缓，错落有致。第三部分的石头形态统一，由天然鹅蛋石组成，大大小小的鹅蛋石安然地躺满了铜鼓海角。

　　石头公园一带，海胆、鲍鱼资源十分丰富。景区周围还有神庙、和尚屋、尼姑庵等古迹，有仙殿、仙洞、风动石、银蛇石、海龟石等奇岩异石。

　　海滩上的大小石头早被海浪和风雨的鬼斧神工侵蚀得形态各异，颜色不一。坐在礁石上，看着海水扑打巨石掀起的阵阵巨浪，听着那隆隆的巨响，你会深深体会到大自然的威力与魅力。

TIPS

地址：海南省文昌市龙楼镇铜鼓岭下　**电话**：0898-66661003　**门票**：免费，停车费10元　**开放时间**：全天　**交通**：乘坐海口至龙楼镇的中巴车或大巴车，再乘坐当地的三轮车到达，或者从文昌租车前往

推荐星级：★★★★

GO 010 铜鼓嘴

赏

海南岛最具有震撼力的海边景观

铜鼓嘴是海南岛最具有震撼力的海边景观。在石头公园附近的密林中有一条隐隐约约的小径，猫腰钻进，原来是一条由野菠萝和不知名的热带灌木、藤类编织成的800米绿荫小路。路的尽头是广阔的悬崖，悬崖下面便是无际的大海，这就是铜鼓嘴山顶。

铜鼓嘴山顶是占地十几亩的草坡，起伏不平，草坡上长满一丛丛低矮的野菠萝树和狐尾椰，草坡面向东南滑向悬崖，让人不敢靠前。

面对浩渺的大海，迎着强劲的海风，看着直坠200米深渊的悬崖峭壁，人只能匍匐向前。

TIPS
📩 **地址：**海南省文昌市龙楼镇铜鼓岭石头公园内 📞 **电话：**0898-66661003 🎫 **门票：**免费，停车费10元 🕐 **开放时间：**全天
🚌 **交通：**乘坐海口至龙楼镇的中巴车或大巴车，转乘当地的三轮车到达，或者从文昌租车前往 ⭐ **推荐星级：**★★★★

GO 011 定安古城

赏

历经五百年沧桑的古城

在海南旅游，风景优美的自然景点层出不穷，其中定安古城既有着美丽的景色，还有丰厚的历史积淀。

安定县的历史始于从元至元二十九年（1292）。不过根据《定安县志》所载，这座位于南渡江中游的古城建成于明正德十四年（1519），从明朝、清朝、民国，一直到现在都是定安县的县城所在地，历经沧桑500年。

定安古城作为县城，有高大的城墙和厚重的城门，其中东、西、南三个门还建有城楼。据说古城最初有着五个城门，曾有"一城五门"之说，但是在明正德十一年（1521），南门楼忽然被风刮倒，于是当时的守巡副使胡训采纳乡贤王仕衡的提议，委托琼州府同知李鹗督修，改建南门，正向文笔峰，内对学宫，上建"文明楼"。另外还有一种说法，当时南门与文庙大门正对相对相冲，不利人才出仕，所以后人就封堵了南门。

古城内街巷交错，东门街、西门街、北门街、中南门街构成了一个巨大的"广"字形，街道路面都铺着青石砖，古朴而又典雅。在明清时期，这里是繁华热闹的大城，被当时的人们称为"小苏州"。1949年后扩建县城，古城被拆去不少，现在城门就只剩下西门和北门，城墙也还有西北和西南两段共一公里左右。走在古朴陈旧的古城街道上，依然能够感到一股浓厚沉重的历史气息扑面而来。

TIPS
📩 **地址：**海南省定安县 📞 **电话：**0898-63832558 🎫 **门票：**免费 🕐 **开放时间：**全天 🚌 **交通：**在定安县城乘坐风采车即达 ⭐ **推荐星级：**★★★

TIPS 📍**地址**：海南省东线高速公路居丁分道口旁 ☎**电话**：0898-63732258 🎫**门票**：10元 🕐**开放时间**：7：30—18：00 🚌**交通**：从海口乘坐到琼海或三亚的省直快车即达 ★**推荐星级**：★★★

GO 012 定安居丁黑熊园

憨态可掬的黑熊

　　距离琼北地区最大的淡水湖南丽湖不远，东线高速公路定安居丁分道口旁的居丁珍稀动物园，是很多游客旅游必去的景点，而居丁黑熊园尤其不能错过。

　　居丁黑熊园里豢养着非常稀有的海南黑熊和四川黑熊，除了让游客观赏这些动物以外，还有科普研究和动物保护的机能。

　　黑熊在中国的分布很广，最北到黑龙江，最南到海南岛，就连喜马拉雅山南麓都有黑熊出没过的踪影。不过随着环境的变迁，许多地方的黑熊都已经绝迹，它们成为濒危的珍稀野生动物。黑熊并不像人们想象中那么凶猛，它们生活在丛林之中，虽然是杂食性动物，但却以植物性食物为主，苔藓、青草、嫩叶、松子、橡子、蘑菇、竹笋、蕃芋及各种浆果都是它们喜爱的食物。

　　在居丁黑熊园里，游客们不仅能够看到憨态可掬的黑熊在水中玩耍，也能够了解到它们的生活习性，还可以近距离和它们合影。另外，这里除了黑熊以外，也驯养了很多海南水鹿和东北梅花鹿。海南水鹿的体型比一般的水鹿要小，它们喜欢戏水，尤其爱在低洼的泥水中打滚。东北梅花鹿体态优美，四肢匀称修长，身体两侧有白色的斑花，仿佛童话中的精灵一样美丽。

GO 013 定安母瑞山纪念园

琼崖革命的摇篮

　　定安母瑞山纪念园位于海南省安定县南部山区，于1996年8月1日建成。

　　母瑞山位于定安县南部山区，是琼崖革命23年红旗不倒的"摇篮"。在两次国内革命战争时期，琼崖将士发扬艰苦奋斗的革命精神，保存了革命火种和力量，为全国革命的胜利和海南的解放立下不朽的功勋。

　　为缅怀先烈，启迪后人，政府于1993年2月在国营中瑞农场原红军操场遗址上修建母瑞山革命根据地纪念园。为加快革命老区的发展，更好地发挥母瑞山作为爱国主义教育基地的作用，省政府去年又投资5100万元改建了定安塔岭到这里的公路。

　　母瑞山在琼崖革命中举足轻重，不愧是琼崖革命的摇篮，是进行爱国主义教育的好地方。

TIPS 📍**地址**：海南省定安县国营中瑞农场 ☎**电话**：0898-63832558 🎫**门票**：8元 🕐**开放时间**：7：00—17：30 🚌**交通**：在安定县城乘至中瑞农场的中巴车或摩托车可达 ★**推荐星级**：★★★

GO 014 定安仙沟彩弹俱乐部

玩 健康刺激的户外运动

定安仙沟彩弹俱乐部是海南第一家彩弹运动场所，由退役军人担任教练及现场管理工作。

客人团队自行分为两组模拟游击战争场面在丛林中进行对抗射击，每场总人数（对阵双方人数之和）限40人以内。彩弹运动的魅力不在其枪支的造型，而在于"战争"的体验，在于击中"敌人"和被"敌人"击中的真实感受。

1981年美国人BOB GURNSEY和CHARLES GAINES首先把彩弹与"幸存者游戏"相结合，这就是当前彩弹搏击(国外称之为匹特搏)运动的起源。

健康刺激的户外运动，真人对打的彩弹射击，是集体活动的最佳选择，不仅能享受户外运动的乐趣，还能增加团队凝聚力。

TIPS 📧**地址**：海南省定安县定城镇海南热带飞禽世界 📞**电话**：0898-65335356 🎫**门票**：8元、装备50元、子弹每发2元 ⏰**开放时间**：7：30-18：30 🚌**交通**：从海口包车前往 ⭐**推荐星级**：★★★

TIPS 📧**地址**：海南省文昌市铺前镇 📞**电话**：0898-63330216 🎫**门票**：免费 ⏰**开放时间**：全天 🚌**交通**：从文昌市乘坐中巴车或者包车前往铺前即可 ⭐**推荐星级**：★★★★

GO 015 木兰港旅游区

赏 风景如诗似画的深水港湾

木兰港旅游区位于文昌市最北端，这里也是海南岛的最北端，是著名的"海南角"，也被称为"木兰头"。这里三面环海，东面是南海，西方与海口隔海相望，北临琼州海峡。港口水深浪平，岸边海底基础为石质，停泊万吨巨轮也完全没有问题，而且距离国际航线只有3海里，是非常优良的深水港口，也是海南最具有开发价值的3个深水良港之一。

木兰港远离城市，没有受到过开发和污染，保持着良好的生态环境，自然风景如诗似画，绿色的草坪开阔平坦，犹如天然的高尔夫球场，被称为海口的"后花园"。距木兰港3公里处是木兰头，由7个独立的月牙形沙滩、怪石区和约6平方公里尖三角形陆地组成。沙滩上的白沙洁白而柔软，延绵数十公里，周边的海水清澈纯净，非常适合作为海水浴场。沙滩旁就是巨石滩，在银白色沙滩上散卧着奇形怪状、被海水冲刷得光滑圆润的巨石，千姿百态。

在一旁的山岭之上，有着全亚洲最高的灯塔——木兰头灯塔，它整体高度73米，海拔高度有97米，沿海24海里范围内的船只都可以看得到。站在灯塔之上远眺，远方海天一线，脚下惊涛拍岸，极其宏伟壮观。

海口人气必游 GO1
三亚人气必游 GO2
文昌人气必游 GO3
五指山人气必游 GO4
琼海人气必游 GO5
万宁人气必游 GO6
陵水人气必游 GO7
儋州人气必游 GO8
东方人气必游 GO9
附录·西沙群岛 GO10

GO 016 玩 云龙湾

神秘的月牙状海湾

云龙湾位于海南文昌市铜鼓岭自然旅游区。与海南岛的五指山、万泉河、天涯海角相比，云龙湾名不见经传，默默无闻，然而这正是它诱人的神秘所在。

云龙湾状似月牙，湾内波平浪静，海水清澈透明，坡岸上椰子树、木麻黄树茂密成林；湾外是浩瀚的七洲洋，东北面是七峰对峙的七洲列岛，生态环境保护良好。

云龙湾一碧万顷，海天无际，涛声不绝，浪花腾雪，湛蓝澄碧的海水，让人尽情畅游。由于地处偏远，人迹罕至，其生态没有受到污染和破坏，保存完好。

游人可以加入当地村民拉围网的队伍，既轻松有趣，又可尝鲜美的海味。

TIPS
地址：海南省文昌市龙楼镇铜鼓岭　电话：0898-66661003　门票：免费，停车费10元　开放时间：全天　交通：乘坐海口至龙楼镇的中巴车或大巴车，再乘坐当地的三轮车到达，或者从文昌租车前往　推荐星级：★★★★

GO 017 赏 南丽湖风景区

与世隔绝的世外桃源

南丽湖位于安定县中部偏东，是海南琼北地区最大的淡水湖。海南东线高速公路就从湖边通过，从海口开车，只要半个小时就可以直达南丽湖。

南丽湖的湖水清澈碧蓝，四周被绿树翠竹环绕，风景迷人。50多年前，这里还只不过是一片高山和低谷而已。1958年，定安人民在这里修建了南扶水库，于是积水将低谷淹没成了一片大湖，原先的高山峻岭也成为了湖中的小岛。这些小岛有的方，有的圆，有的长，一共13个。这些小岛犹如点缀在湖面上的翠绿宝石一般美丽夺目，树木竹林青翠欲滴，间杂着五彩的野花和林间草地上栖息的鸟儿和小动物，仿佛与世隔绝的世外桃源一样。

这里气候温暖宜人，年平均气温在22.5℃左右，任何季节都可以下湖游泳。另外，湖中还有数量众多的鱼群，适合垂钓。南丽湖的地面水系发达，植被茂密，负氧离子的含量很高，是天然的大氧吧，有益于人体健康。在这里，随处都可以见到云浮绿水、鱼翔浅底、鸟掠芳洲的人间胜景。若是泛舟湖面，随着微风乍起，岸上森林中传来的泥土芳香中渗透着一种悠然忘尘的宁静超脱，静美如诗，置身其中，仿佛身在梦里水乡一般。

近几年来，南丽湖周边建起了旅游设施，如今在这里不仅能享受到湖光山色的乐趣，吃饭、住宿也完全不用发愁，已经成为一个理想的旅游度假地。

TIPS
地址：海南省定安县南扶水库南丽湖风景名胜区　电话：0898-63988888　门票：免费　开放时间：全天　交通：在安定县城乘坐中巴车就可到达　推荐星级：★★★

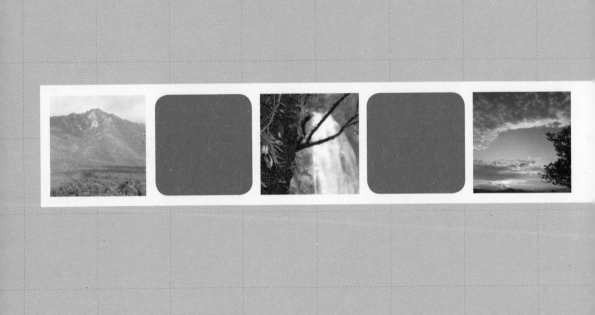

五指山

五指山 GO! GO! GO!

印象

　　五指山市原名通什市，在当地黎族语言中意为"肥沃的河谷"，是海南省平均海拔最高的城市，因独特的热带景观又被誉为翡翠城。五指山周边多为高耸入云的群山，是喜欢探险登山的背包族的胜地，周围既有海南第一高山——五指山，同时也有黎族人民的始祖山——黎母山。作为海南少数民族聚居地，素有"不到五指山，不算到海南"之称，在此可感受当地浓郁的少数民族风情。

地理

　　五指山市位于海南岛中南部腹地，周围群山环抱，森林茂密，昌化江上游支流南圣河从东向西蜿蜒，流贯全城区。五指山市区面积1169平方公里，海拔328.5米，是海南岛海拔最高的山城。

气候

　　五指山市属热带山区气候，冬暖夏凉，气候温和，年平均气温22.4℃，年平均降雨量为1690毫米。每年11月至次年4月山中空气清新，绿树密布，云雾环绕，有"天然别墅"和"翡翠城"之称。

五指山节日

黎族三月三
时间：农历三月初三

　　黎族三月三在五指山市报翠坡举行，每年农历三月初三，四面八方的黎族人都会跋山涉水汇聚在报翠坡庆祝节日，晚上举行盛大的篝火晚会，黎家小伙和姑娘们跳起欢快的"槟榔舞"和"竹杠舞"。这种庆祝活动已经延续了2000余年。

1月 2月 **3月** 4月 5月 6月 7月 8月 9月 10月 11月 12月

苗家姐妹节
时间：农历三月十五日至十八日

　　苗家姐妹节是居住在五指山市和保亭县交界处的陡水河畔苗家村寨姑娘们传统节日，每年农历三月十五至十八日期间，苗族的姑娘们会将糯米染成五颜六色后蒸熟，做成姐妹饭，之后姑娘和小伙子都会身穿节日盛装在陡水河畔游方、唱山歌、吹芦笙、沙滩踩鼓、鸣锣击鼓、跳芦笙舞、划船和斗牛。

五指山美食

　　五指山地区的野味独具特色，当地的美味佳肴以野牛肉、五脚猪、灵芝蟹、蚂蚁鸡这四大名菜为主。除四大名菜外，五指山水库的福寿鱼、五指山石鲮鱼、五指山鳗鲡也是著名美味。附近山中盛产的革命菜、白花菜、新娘菜、雷公笋、树仔菜等数十种野菜，是原汁原味的绿色食品，不论清炒还是涮火锅都十分诱人，营养十分丰富。闻名遐迩的五指山山兰甜酒和竹筒饭在一般餐厅都有供应，其他的美味可在五指山国际度假寨、山脚小镇上的菜馆品尝。小吃多以海南粉为主，在沿街的小吃排挡就可吃到。

五指山购物

　　五指山周边是当地黎族和苗族的主要聚居地，黎、苗族的纺织品、牛角雕、根雕、竹雕、银饰、铜件、藤器等都可在五指山市的省民族工艺品购物中心买到，其中最著名的是黎族纺织品，有黎锦、挂包、头巾、花带等，色彩鲜艳，图案古朴，富于装饰性。苗族的纺织品也很精美，特别是蜡染，质朴中透着灵秀，非常有特色。此外，在五指山还可去土特产商店、小摊铺甚至小村寨购买红茶、五哥苦瓜茶、野生灵芝宝、五哥灵芝茶等土特产。

五指山住宿

　　五指山市内酒店房价都很便宜，一般100元每间，卫生和住宿条件较好。登山的背包族可选择在五指山和黎母山景区附近住宿。位于五指山第一峰腰间的五指山国际度假寨海拔800米，38栋风格各异的乡村别墅散落在热带原始雨林中。也可选择山脚的水满苑住宿，可一览五指山全景。靠近三亚的保亭县住宿条件比五指山市好，房价在150—300元之间。

五指山
人气必游

GO.D
Tourist Attractions
人气必游

海口人气必游 GO1

三亚人气必游 GO2

文昌人气必游 GO3

五指山人气必游 GO4

琼海人气必游 GO5

万宁人气必游 GO6

陵水人气必游 GO7

儋州人气必游 GO8

东方人气必游 GO9

附录: 西沙群岛 GO10

GO 001 毛公山

赏

闻名海内外的旅游胜地

毛公山距离三亚市70公里, 位于海南省乐东黎族自治县东部保国农场境内, 是一个神奇的地方。

毛公山, 原名保国山, 在这座绵延4000米的山中部, 有一座高约630米的花岗岩山, 酷似领袖毛泽东的半身仰卧头像。岩石、树木、溪流等组合成毛主席的五官, 极其逼真, 吸引了众多红色旅游团体和游客。

更为巧合的是, 毛公山周围的地名都带有强烈的时代色彩。它所在的县叫乐东县, 所在的农场叫保国农场, 毛公山后有东方红村, 山的西面还有解放村, 山南、山北也有崇共村和抗美村。

在毛公山前, 有仿天安门广场的布局建造的瞻仰台、纪念碑和敬拜堂。瞻仰台底层挂有介绍毛主席生平的照片、史料和政商各界的题词, 第二层的观景台是最适合观看毛公山的地方。东面的敬拜堂建筑外形与北京的毛主席纪念堂相同, 里面有毛主席半身塑像, 背面是毛主席的亲笔题词"为人民服务"。位于广场中央的毛公山纪念碑也是仿人民英雄纪念碑而造的。

毛公山是非人力所为的天然其景, 山貌水色相融, 神奇而瑰丽, 是闻名海内外的旅游胜地。

TIPS 🏠 **地址:** 海南省乐东黎族自治县报国农场内 📞 **电话:** 0898–85661013 🎫 **门票:** 20元 ⏰ **开放时间:** 7:00—18:00
🚌 **交通:** 乘海口市至乐东县的省直快车, 再乘当地的中巴车即达 ⭐ **推荐星级:** ★★★★

GO 002 徒步雨林栈道

赏

一幅绝佳的南国风景画

入口在距离水满乡大约1公里的五指山最佳观山点，出口在水满上村千年大榕树旁，环形山路全长2公里，徒步大约需要40分钟。

雨林谷内生长着大量的原始森林和次生林，包容了绞杀现象、空中花篮、老茎生花、高板根、藤本攀附、根包石海南热带雨林的六大奇观。栈道长5里，百步九折，起伏跌宕，曲径通幽，万木竞高，鸟语花香，给人以无穷的情趣和欢悦。

进入栈道之前最好在鞋子和袜子上涂抹碱性比较大的肥皂，以防山蚂蟥袭击腿脚。在五指山吃饭的时候顺便问餐厅要几片雷公根（野菜）的叶子，如果被蚂蟥叮咬，就把叶子揉碎涂抹在伤口处，可以立刻止血。

雨林谷内有椰树青竹做前景，林海叠翠、巍巍山峰做背景，果然又是一幅上好的南国风景画面了，使人流连忘返！

TIPS ⊙**地址**：海南省五指山市水满乡五指山风景区内 ☎**电话**：0898-86630131 ▣**门票**：森林保护费20元，栈道免费 ⊙**开放时间**：全天 ▭**交通**：从三亚或海口乘车到五指山市，然后乘坐班车或者摩托车可达五指山 ✦**推荐星级**：★★★★

GO 003 五指山漂流

玩

惊险刺激的漂流体验

海南五指山大峡谷漂流位于五指山热带雨林景区，距市区38公里。

五指山峡谷漂流地处热带雨林腹地，冬暖夏凉。因落差急缓有致、险象横生的水流和奇伟峻逸、云雾缭绕的山峰，有"神州第一漂"的美称。全程长约6公里，最大落差8米，峡谷奇石林立，千姿百态。船行其间忽左忽右，或前或后，高空漂落，惊险至极，令人回味无穷。

大峡谷形成于数千万年前，峡谷幽深，奇峰突起，巧夺天工，还有古桫椤等恐龙年代的物种伴随你去探索神秘的生命起源。

五指山峡谷漂流的"勇士探险漂"，水流湍急，河道复杂，惊险、刺激；"情侣逍遥漂"适合家人或情侣悠闲地品味浪漫人生。山谷中蜿蜒曲折的2公里原木栈道，让你亲身体会热带雨林的魅力。

TIPS ⊙**地址**：海南省五指山市水满乡五指山风景区内五指山水库的水闸处 ☎**电话**：0898-86559288 ▣**门票**：森林保护费20元，漂流180元 ⊙**开放时间**：9:00—16:00 ▭**交通**：从三亚或海口乘车到五指山市，然后乘坐班车或者摩托车可达五指山 ✦**推荐星级**：★★★★★

海口人气必游 G01
三亚人气必游 G02
文昌人气必游 G03
五指山人气必游 G04
琼海人气必游 G05
万宁人气必游 G06
陵水人气必游 G07
儋州人气必游 G08
东方人气必游 G09
附录：西沙群岛 G10

GO 004 赏 五指山

海南第一高山

　　五指山位于海南岛中部，峰峦起伏成锯齿状，形似五指，故得名。五指山是海南第一高山，是海南岛的象征，也是我国名山之一，被国际旅游组织列为A级旅游点。

　　五指山区遍布热带原始森林，层层叠叠，逶迤不尽。远眺五指山，只见林木苍翠，白云缭绕，绿山如指，直插云间，景色绚丽，变换万千。沿蜿蜒的山路盘旋上到山巅，顿觉云从脚下生。

　　自古以来，五指山就受到文人墨客的青睐，留下许多脍炙人口的诗篇。邱浚的《五指山诗》最为著名，广为流传。现在，五指山区还存有不少古代摩崖石刻和碑记，为研究黎族和海南的社会经济、政治提供了重要的史证。

　　五指山是海南岛主要江河的发源地，水色山光交相辉映，构成奇特的五指山风光，吸引着海内外的游客。五指山四周自古是黎族聚居区，去黎寨作客，可品尝到山芒米酒和五指山茶。

TIPS ●**地址**：海南省五指山市水满乡　●**电话**：0898-86630131　●**门票**：森林保护费20元　●**开放时间**：全天　●**交通**：从三亚或海口乘车到五指山市，然后乘坐班车或者摩托车可达五指山　●**推荐星级**：★★★★★

TIPS ✉**地址：**海南省五指山市毛阳镇初保村 ☎**电话：**0898-86559288 🎫**门票：**免费 🕐**开放时间：**全天 🚌**交通：**在五指山大峡谷漂流终点处向右再走4公里左右的山路即达 ⚑**推荐星级：**★★★★

GO 005 **五指山**初保村

逛 **中国唯一保存古老原貌的黎族村落**

初保村地处五指山西麓的毛阳镇，是中国唯一保存古老原貌的黎族村落，也成为黎族生活、文化变迁的一个缩影。

初保村依山而建，村前有潺潺流水和层层梯田，全村58户、320人全部住在极富黎族特色的杆栏式楼房（俗称"吊脚楼"）里，区别于海南其他黎族的船形屋，成为特例。初保村的黎族老人们大部分保留着黎族人的生活传统，而年轻的一代大多受了教育，有些还走到外面去寻求发展，传统文化和现代文明正在这里猛烈地撞击着。

初保村的历史并不长，村民祖祖辈辈分散居住在附近山上，1960年，政府为了组织管理，将村民集中组成村子，村民基本是来自山上的同姓同宗兄弟。他们原来姓吉，1943年，参加黎族首领王国兴领导的起义后而改姓王。几十年来，村民和睦相处，过着自给自足的幸福生活。

GO 006 **五指山民族**博物馆

赏 **海南最大的博物馆**

五指山民族博物馆坐落于五指山市北，是海南最大的博物馆。

民族博物馆是一座具有民族特色的四合院式建筑，古朴壮观。馆内辟有6个主展厅和2个机动展厅，以及民族工艺商场和工作室。步入馆内，迎面有几幅巨大的黎锦挂饰，锦上以黎族人婚嫁、耕种等生活情景为题材绣纺而成，底布是黑色的自染布，上面以红、绿、白色线绣成多种几何图案。

民族博物馆开放于1986年，展出各种文物、民族民俗物品、历史图片和资料，反映了从新石器时期到海南解放的各个历史阶段，黎、苗族人民的政治、经济、文化和风土人情，以及他们同汉族人民共同建设海南的历史。

展厅内黎族人的长相、服装、佩饰、织布方法、乐器、治病等特征及风俗都与台湾的阿美族、泰雅族等少数民族相似，因此参观博物馆，也是从侧面了解到了台湾少数民族的一些风情。

TIPS ✉**地址：**海南省五指山市北牙畜岭 ☎**电话：**0898-86622336 🎫**门票：**10元 🕐**开放时间：**8：00—18：00 🚌**交通：**乘海口至通什的省直快车到五指山，海南省民族博物馆就在五指山市汽车总站不远处，从汽车站出发，徒步走大约30分钟就能到达，也可乘当地的中巴车到达。 ⚑**推荐星级：**★★★★

海口人气必游 GO1
三亚人气必游 GO2
文昌人气必游 GO3
五指山人气必游 GO4
琼海人气必游 GO5
万宁人气必游 GO6
陵水人气必游 GO7
儋州人气必游 GO8
东方人气必游 GO9
附录: 西沙群岛 GO10

GO 007 乐东尖峰岭国家森林公园

玩

我国第一个热带雨林国家公园

乐东尖峰岭森林公园位于海南省乐东黎族自治县尖峰岭上,有千米以上山峰18座,主峰海拔1412米,最低处海拔仅200米,相对高差千米以上,地形十分复杂。

尖峰岭森林公园内共有热带雨林树种300多个,其中以坡垒、子京、花梨、油丹等70种最为珍贵。尖峰岭森林公园的自然奇景除森林外,还有云雾、大海奇观。进入尖峰岭,就如同置身于雾海,云雾蒸腾,一片迷茫。

森林公园建于1976年,面积约1600公顷,有2600多种热带植物,占海南岛植物种类的一半,是我国第一个热带雨林国家公园,拥有我国现存面积最大、保存最好的热带原始森林。

由于这儿的热带雨林得到严格的保护,林区内几乎所有溪流都可以直接饮用。这里四季如春,空气纯净,有显著的森林保健功能,已成为最具魅力的生态旅游、休闲度假胜地。

TIPS 🏠**地址:**海南省乐东黎族自治县尖峰岭国家森林公园 📞**电话:**0898-85721668 🎫**门票:**40元 🕐**开放时间:**8:00—18:30 🚌**交通:**在海口西站每天9:00和12:00有两班到尖峰镇的大巴车,到达尖峰镇后换乘当地的摩托车或中巴车可达 ⭐**推荐星级:**★★★★

TIPS 🏠**地址:**海南省保亭黎族苗族自治县毛感乡千龙苗村 🎫**门票:**免费 🕐**开放时间:**全天 🚌**交通:**在保亭县乘坐当地的中巴车或者包车前往 ⭐**推荐星级:**★★★★

GO 008 千龙洞

赏

洞内仙境

千龙洞位于保亭黎族苗族自治县西部毛感乡的千龙苗村附近,从县城保城乘车西行30多公里即达,是个令人神往的旅游观光胜地。

千龙洞由附近的千龙苗村而得名,景色奇特,十分壮观。洞口宽20多米,高30多米,全长约400米,内有龙门厅、龙王殿、凯精门三个大洞厅和一条长20多米的曲折廊道。各厅互相沟通,大小不一,最大的洞厅长50米,宽30米,高25米。

听千龙村老人说,小溪水通地洞而流入大海,溪里生活着不少鱼类。传说有两条大鳗鱼在此出没,50多年间常常出现,有时还有人看见大鳗鱼爬到洞外晒太阳,村里人将它们当做鱼神。洞里春冬偏冷,夏秋宜人。伏天,当地人喜欢成群结队在洞里玩耍、歇息。

洞里石头千姿百态,有的形态像床、桌、灯、缸、钟等生活用具;也有如林的石柱,琳琅满目的石笋,含苞的和开放的石花;还有的像马、牛、羊、猴、狗、鸡,一个个栩栩如生;有的极像宫殿,有的酷似仙女浴池,有的犹如仙山奇境,处处皆景,美不胜收。

GO 009 保亭仙安石林

赏 海南石景之最

在保亭黎族苗族自治县北部，距离保亭县城40公里的仙安岭上，有一片580亩的石林，这就是著名的保亭仙安石林。

仙安石林景致多姿，集山、水、石崖、洞林美景于一地，组成了一幅天然绚丽的画卷。在700米高的仙安岭上，密集的石林宛如狼牙一般直指蓝天。这里重峦叠嶂，起伏峥嵘，最高的石笋高达35米，普通的也有4至6米，怪石嶙峋，形状千姿百态，让人忍不住感慨这大自然的鬼斧神工。这里有"盔甲武士"、"金鸡逗熊"、"金龟探海"、"天外来客"、"鲲鹏大怪"等石林奇观，令人百看不厌，遐想无穷。这里的溶洞也非常多，仙女洞、蟠经洞、千龙洞，洞中有洞，曲折迂回，弯曲相通，各有特色。它们大小不同，大的洞厅甚至可以容纳上千人，千奇百怪的钟乳石比比皆是，亦奇亦幻。

除了奇妙的石林景观外，还有钟灵毓秀的山水美景。看不到尽头的绿林将仙安岭层层围住，依稀能看到梯田椰海，林涛阵阵，瑟瑟有声。站在仙安岭的峰顶，远看山中古木参天，峰峦叠起，脚下溪河往复交错，田野阡陌纵横，伸手便可摸到白云，仿佛置身于太虚幻境一般，使人回味无穷。

TIPS 📧**地址：**海南省保亭黎族苗族自治县毛感乡仙安岭 📞**电话：**0898-66688870 🎫**门票：**免费 🕐**开放时间：**全天 🚌**交通：**在保亭县乘坐当地的中巴车或者包车前往 ⭐**推荐星级：**★★★★

GO 010 乐东莺歌海盐场

赏 海南岛最大的海盐场

乐东莺歌海盐场位于乐东县西南部的海滨，面临大海，背靠尖峰岭林区，是海南岛最大的海盐场，在华南地区也首屈一指。

来到莺歌海盐场，首先映入眼帘的是一望无垠的银海。这里，渠道纵横整然有序，井井盐田银光闪闪，高压电线凌空飞架，水泵房池星罗棋布，制盐机械转动轰鸣，处处呈现一派生产繁忙的景象。

莺歌海盐场建于1958年，总面积3793公顷，年生产能力25万吨，最高年产30万吨。

随着盐、渔业生产的迅速发展，这里变得更加美丽而富饶。莺歌海是盐城，也是渔场，加上风景美丽的海湾、沙滩，游人常年络绎不绝。

TIPS 📧**地址：**海南省乐东黎族自治县 📞**电话：**0898-85858496 🎫**门票：**免费 🕐**开放时间：**全天 🚌**交通：**从海口或者三亚乘坐长途车到达黄流镇，之后乘坐摩托车可达景点 ⭐**推荐星级：**★★★★

海口人气必游
三亚人气必游
文昌人气必游
五指山人气必游
琼海人气必游
万宁人气必游
陵水人气必游
儋州人气必游
东方人气必游
附录·西沙群岛

GO 011 玩 琼中黎母山森林公园

海南六大国家森林公园之一

黎母山森林公园位于琼中县黎母镇境内，与儋州市、白沙县交界。黎母山国家森林公园是我国生物资源种类最为丰富的地区之一，是海南六大国家森林公园之一。

黎母山森林公园主要景点由黎母婆石景区、吊灯岭景区、翠园景区、天河景区、鹦哥傲景区、开河瀑布景区等六部分组成，各景区互为衬托，相映生辉。公园自然风光奇特，民族风情浓郁。

这里有许多生动迷人的神话传说广为流传。每年农历三月十五，民间祭拜黎母的活动热闹非凡。黎母山是黎族聚居地，黎族是海南岛最早的居民，至今仍保留着质朴敦厚的传统风俗和生活习惯，社会风貌显得独特而多彩。

古代星宿与地学家认为，天上二十八宿之一的女宿对应着黎母山，故古称为"黎姿山"。黎母山四季如春，冬暖夏凉，年均气温22.5℃，是探险旅游、观光度假和民族宗教活动的胜地。

TIPS 📍**地址：**海南省琼中黎族苗族自治县黎母山镇 📞**电话：**0898-86364035 🎫**门票：**免费，导游费每天100元 🕐**开放时间：**全天 🚌**交通：**在海口或琼中县乘坐班车可达森林公园大门口，之后可乘坐摩托车到管理处 ⭐**推荐星级：**★★★★

GO 012 赏 保亭七仙岭

海南最大的温泉旅游区

保亭七仙岭位于保亭县境内，距县城约10公里，今已辟为温泉旅游区，是海南最大的温泉旅游区。

七仙岭的魅力在于温泉、奇峰、民族风情和热带田园风光。远望七仙岭，七座奇峰插云，仿佛七位云中仙子，直指苍穹。近观七仙岭，奇峰倒映在水库之中，明媚可人，前峰高大，后六峰依次渐小。

温泉区内最引人入胜的地方有两处，一个是北面的温泉湖，面积约3亩，水深在1米左右，湖面热气袅袅；另一个是被当地人称为"鸳鸯溪"的什那溪，这条溪是由一冷一热的两股溪流汇合成的，在溪的汇合处站立，可以感觉到一腿凉，一腿热，颇有意思。

当晨雾笼罩，远眺七仙岭，酷似七位姐妹披着薄纱直立，端庄窈窕；时近中午，云雾消散，此时的七仙岭又像七把利剑直指云天，气势雄伟。七仙岭主峰1126米，无论登临峰巅，还是下到温泉区，都仿佛置身在仙境，是不能错过的好去处。

TIPS 📍**地址：**海南省保亭黎族苗族自治县七仙岭风景区 📞**电话：**0898-88213740 🎫**门票：**20元 🕐**开放时间：**全天 🚌**交通：**从海口或三亚乘坐长途车到达保亭县，之后乘坐风采车或者摩托车可达景区 ⭐**推荐星级：**★★★★

GO 013 白沙鹦哥岭自然保护区

赏 **中国最美森林**

鹦哥岭地处海南岛中部山区，横跨白沙县、五指山市、乐东县、琼中县等4县市，是华南地区面积最大、以热带雨林为主体的天然林分布区。

鹦哥岭是个神秘的地方。在这里，有许多国家重点保护动植物，列入中国濒危动物红皮书的物种就更多了。至于那些这里才有的伯乐树、鹦哥岭树蛙等新物种更是数不胜数。专家推测，因这里森林的原生性很强，所以很可能还存在着大量尚未发现的新物种。

鹦哥岭有海南岛最典型的热带雨林气候特征。这里每年降雨量相当大，河流、溪流众多，其中被视为"海南母亲河"的海南岛第一大河流南渡江就发源于此。主流南开河，向东流经白沙、屯昌等5市县，注入松涛水库之后，再向东流至海口港入海。而第二大河昌化江发源于五指山空示岭，鹦哥岭同样是其发源地之一。

鹦哥岭自然保护区由于交通闭塞、人烟稀少，并没有被大规模地开发过，是罕见的热带雨林处女地，非常适合探险旅游。很多地方甚至从未有人踏足，也许路边的一棵小草，就是尚未记载在册的新物种。

TIPS 📧**地址:** 海南省白沙县 📞**电话:** 0898-65358451 🎫**门票:** 免费 🕐**开放时间:** 全天 🚌**交通:** 在白沙县城乘坐开往鹦哥岭的中巴车即可 ⭐**推荐星级:** ★★★★

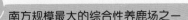

GO 014 屯昌枫木鹿场

赏 **南方规模最大的综合性养鹿场之一**

屯昌枫木鹿场位于海榆中线公路110公里处，距屯昌县27公里，建在一个三面临水的半岛上，是我国南方规模较大的综合性养鹿场，也是海南省重要旅游景点之一。

场内山清水秀，空气清新，水草丰茂，为鹿群半牧半圈的饲养方式提供了良好环境。鹿场共有坡鹿、水鹿、马鹿、梅花鹿、麋鹿和黄鹿700多头，它们自由自在地生活在这椰林摇翠、芳草如茵的乐土。鹿场里新建了观鹿园、鹿趣园。

游客在这里可以买到鹿系列化妆品，以及补身长寿的鹿茸片、鹿茸胶、茸血酒、鹿鞭酒、鹿骨胶、鹿胎膏、鹿肉干、鹿筋等多种保健品和美食。

在鹿场，游人可购一些红薯片喂鹿逗趣，也可以进入场内与驯化坡鹿群合影留念。

TIPS 📧**地址:** 海南省屯昌县海榆中线公路110公里处 📞**电话:** 0898-67975113 🎫**门票:** 4元 🕐**开放时间:** 8:00-18:00 🚌**交通:** 乘坐海口到屯昌的长途车，到达屯昌后换乘开往枫林镇的中巴车即达，也可从三亚乘坐开往五指山的车在枫林下车 ⭐**推荐星级:** ★★★

琼中百花岭瀑布

观瀑揽胜的绝妙去处

百花岭瀑布坐落于海南省琼中县根营镇东南7公里处的百花岭风景区内，是该景区的特级景观，也是游客观赏的主要景点。

瀑布犹如飘拂的银链悬挂在山间，分三级跌宕泻下，哗哗作响，周围烟笼雾绕，景色奇特而壮观。瀑布因百花岭而得名，其源头在百花岭的海拔700米的第二峰，集水面近2平方公里。

据说在瀑布的井型池中，随着飞瀑的冲击，不时腾滚出一种红色的花果，传说能包治百病。最高的一级瀑布高60多米，被称为"金龙吐珠"，因其有一股清泉从山顶飘逸而下，激起的水雾在阳光的反射下，如飞珠散玉，五彩缤纷，因此得名。

百花岭瀑布是观瀑览胜、寻幽消夏的绝妙去处。

TIPS

地址： 海南省琼中黎族苗族自治县根营镇　**电话：** 0898-65358451　**门票：** 免费，导游费每天50元　**开放时间：** 全天　**交通：** 在琼中县乘至营根镇的中巴车，下车后再乘坐摩托车可达　**推荐星级：** ★★★★

海口人气必游 G01
三亚人气必游 G02
文昌人气必游 G03
五指山人气必游 G04
琼海人气必游 G05
万宁人气必游 G06
陵水人气必游 G07
儋州人气必游 G08
东方人气必游 G09
附录：西沙群岛 G10

琼海

琼海 GO!GO!GO!

印象

　　琼海位于海南岛东部，这里历史悠久、人杰地灵、物阜民丰、文化发达，又是我国著名的侨乡和鱼米之乡。这片土地上有风光旖旎的万泉河，曾经战斗着充满传奇的红色娘子军，更有博鳌亚洲论坛在这里召开。自然风光、历史文化、现代思想，这三者构架起琼海的与众不同。

　　琼海市基础设施良好，交通通讯发达。由嘉积、博鳌、官塘三大组团构成的"大琼海"，在21世纪初推进城市化进程中崛起为海南第三大城市。

地理

　　琼海市地处海南岛东部，距海南省省会海口市86公里，距南端的三亚市163公里，南距万宁市60公里，西连定安、屯昌县，东濒文昌清澜港。

气候

　　琼海市属于热带季风及海洋湿润气候区，年平均降雨量2072毫米，年平均日照2155小时，年平均辐射量为每平方118.99千卡，终年无霜雪。琼海年平均气温24℃，1月平均气温18℃，7月份平均气温28.3℃。琼海年均遭遇台风4.3个，每年7至10月为热带风暴及台风频繁期。琼海全年适合旅游，最好的旅游时间在3—10月，这是景色最美的时间，也是水果、鲜花最多的季节。在北方冰封雪舞之时，畅游于这片青山碧海，别有一番情趣。

琼海交通

出租车

　　琼海地区的出租车起步价为5元，等候费、夜间行驶费等费用另计，是区内旅游最方便的交通工具。

　　琼海市还具有一种独特的交通工具：蹦蹦车，又名采风车。蹦蹦车也是琼海市市区的一样重要的交通工具，费用便宜很多，但在乘坐时需当心安全问题。

公交车

琼海市内有公交车线路3条，公交线路覆盖各主要街道，大部分景区景点和近郊都可通达。包括：

1路车：白石岭—嘉积—塔洋

2路车：博鳌—嘉积—榕头

8路车：高速路出口—银海路—金海路—东风路—爱华西路—人民路—兴工路—豪华路—交警大队

琼海汽车站发往博鳌的车每10分钟一班，有普通车与专线旅游车，沿路招手即停，票价3.5元/人。琼海至博鳌约19公里，约40分钟即达。

琼海美食

● 温泉鹅

温泉鹅是近十年前才兴起的美食。使用的是万泉河沿岸农户饲养的本地杂交鹅，从小放养在万泉河边的沙滩上，食用生长在河边的鹅仔草、野草，以及农户家中的碎米和萝卜苗长大。

琼海温泉鹅大多以白切为主，也制作烤鹅。琼海的温泉鹅肉质细腻。鲜香的鹅肉蘸着秘制的调料，称得上肥而不腻、清淡原味、醇香可口。温泉鹅营养丰富，尤其适宜身体虚弱、气血不足之人食用。温泉镇路边都是吃温泉鹅的饭店，三五人消费200元左右。

● 万泉鲤

万泉鲤因盛产于琼海境内万泉河中得名。由于万泉河未经污染，水质优良，十分适合于鲤鱼的生长，因此河中鲤鱼成群，体大肉肥，味美细腻，营养价值极高，是当地人招待贵宾的宴上佳肴。万泉河鲤鱼大多数是以清蒸为主，鲤鱼上桌香味扑鼻，有"不吃万泉鲤，枉为琼海行"之说。

琼海住宿

博鳌玉带湾大酒店：玉带湾大酒店是一家温泉海景度假酒店，坐落在博鳌玉带湾地区。玉带湾是万泉河、九曲江、龙滚河三江的黄金汇合点，风景优美，十分适合商务住宿、旅游观光。酒店平日房费220元左右，可以网上预定。

金芙蓉度假村：度假村的建筑白墙红瓦，酒店附近椰风拂面，碧浪金沙，处处充满异国情调和南国风情。度假村中维多利亚风格的欧式建筑群掩映在奇花异葩中，令人心旷神怡、流连忘返。酒店平日房费260元左右。

维嘉大酒店：酒店位于琼海市银海大道，是一幢欧洲古城堡风格的建筑。内部设施齐全，装饰高雅，拥有琼海市内规模最大的西餐厅和维嘉夜总会。在主体建筑之外，有一个大型的园林美食广场——豪园，是琼海饮食业中的一道独特风景。酒店平日标准间房价320元左右。

官塘温泉休闲中心：官塘温泉休闲中心面临万泉河，远眺白石岭，环境幽雅，空气清新。温泉富含氟、硅、锂、锶等有益元素，是都市白领放松身心、调整情绪的好去处。酒店平日房价340元左右。

琼海
人气
必游

Tourist Attractions

海口人气必游

三亚人气必游

文昌人气必游

五指山人气必游

琼海人气必游

万宁人气必游

陵水人气必游

儋州人气必游

东方人气必游

附录·西沙群岛

GO 001 万泉河乐城岛

四面环水的渔村

乐城岛位于万泉河出海口，距琼海市15公里，在博鳌水城所在岛的上游，是一个只有2.5平方公里的四面环水的渔村。

乐城岛四面被万泉河包围，岛屿面积仅3平方公里。现岛上还可看到旧时乐城古迹。岛上面有72个自然村，约300户人家，1200多口人，全部靠船舶进出，城中有城隍庙与陈氏祠堂。

乐会县志记载，古城为明朝隆庆年间（1567—1573）建造，距今已有600年历史。历史的遗迹隐约可见，走在当年官道所在的环村路上，宽大而古老的路砖不时地露出自然的泥沙地面。几经破坏又几经重修的城隍庙，香烟缭绕。

TIPS

📧 **地址:** 海南省琼海市博鳌镇万泉河出海口　📞 **电话:** 0898-62799915　🎫 **门票:** 免费　🕐 **开放时间:** 全天　✴ **交通:** 从海口乘车到琼海后换乘开往博鳌的中巴车或者出租车，之后乘渡船前往　✱ **推荐星级:** ★★★★

GO 002 赏 琼海娘子军塑像/琼海红色娘子军纪念园

妇女解放运动之旗帜

琼海红色娘子军塑像位于琼海市加积镇街心公园，由花岗石雕刻而成。雕像坐北向南，高3.7米，连底座总高6.8米。座基石板铺设，四周呈六角形，围以石栏杆，占地面积40平方米。后面是园林花圃等。雕像充分展现了红军女战士脚穿草鞋、肩背竹笠、风尘仆仆的一代巾帼英雄的气概。

1931年5月1日，娘子军创建于乐会县第四区革命根据地。她们在中共琼崖特委领导下，出色地完成了保卫领导机关、宣传发动群众等任务，在伏击沙帽岭、火攻文市炮楼、拔除阳江据点及马鞍岭阻击战中，不怕牺牲，英勇杀敌，为琼崖革命立下了不朽的功勋。

雕像底座正面有胡耀邦金字题词："红色娘子军"。底座背面刻有如下文字："红色娘子军即中国工农红军第二独立师女子特务连。她们是妇女解放运动之旗帜，海南人民之光荣，娘子军革命精神永存！"纪念园现为省级重点革命纪念建筑物保护单位。

TIPS 📧 地址：海南省琼海市万泉镇东线高速公路温泉万石入口处 📞 电话：0898-62802175 🎫 门票：40元 🕐 开放时间：8:00—18:00 🚌 交通：乘坐琼海公交线路1路、2路到嘉积镇后换乘摩托车或出租车前往 ⭐ 推荐星级：★★★

GO 003 赏 琼海白石岭

观赏日出的绝佳景点

琼海白石岭位于琼海市西南12公里处，总面积约16.24平方公里，由登高岭等山岭组成。登高岭是白石岭最高峰，海拔328米。

山上怪石嶙峋，千姿百态，石洞幽深，神奇莫测。每当云雾缭绕，山峰忽隐忽现，变化万千，犹在虚无缥缈之中。岭有1308级石阶，贴崖而上，登之可观"白石岭八景"，饱览万泉河风貌。白石岭八景是：石柱擎天、金钟驾驰、青狮眺目、翠屏拥月、崆峒筛风、苍牛喷雾、花岗蔚彩、碧沼储云。

山岭顶上有千吨巨石悬于空中，有惊无险。巨石旁边有一个石洞，疾风吹来，石洞里不时发出瑟瑟之音韵，煞是迷人。

白石岭上建有亭、台、廊和供水设施等，供游人上山下岭时观景和歇息。在开阔地方还建有避暑山庄，供游人住宿，以晨观旭日、日览山景、夜赏云星。

TIPS 📧 地址：海南省琼海市长岭水库南侧 📞 电话：0898-66504200 🎫 门票：20元 🕐 开放时间：8:00—17:00 🚌 交通：从海口乘车到琼海后换乘开往白石岭的公交车或者出租车即达 ⭐ 推荐星级：★★★★

玉带滩游船观光

海口人气必游 G01
三亚人气必游 G02
文昌人气必游 G03
五指山人气必游 G04
琼海人气必游 G05
万宁人气必游 G06
陵水人气必游 G07
儋州人气必游 G08
东方人气必游 G09
附录·西沙群岛 G10

赏

狭长的沙滩半岛

博鳌水城风景如画，在它的东方，万泉河的入海口，有一条自然形成的狭长的沙滩半岛，是世界上分隔海、河最狭窄的沙滩半岛，一边是海，一边是河，非常神奇，甚至还登上了吉尼斯之最。

要去玉带滩，必须要乘坐游船。许多游客会选择乘坐拖在游船后面的木筏，因为可以享受用唧筒打水仗的乐趣。从游船上下来之后，站在玉带滩上，面向大海，只见烟波浩瀚的南海一望无际，层层白浪扑向脚下。放眼远眺，海水从岸边的略黄，到近海的浅蓝、远处的深蓝直至天边，前方渔船星星点点，头上海鸥起起落落，简直就是一幅绝妙的南海风情画。在玉带滩前方不远处，有一个由多块黑色巨石组成的岸礁，屹立在南海波浪之中，状如垒卵，突兀嵯峨，那便是圣公石。传说它是女娲补天时，不慎落入凡间的几颗砾石，不知过了多少万年，风吹浪打，岿然不动，一直和玉带滩厮守相望。

玉带滩是海浪冲击出的一带沙滩，上面有很多流沙，所以游客上去游览的时候一定要小心，不要踏入有流沙标志的区域。不过脱去鞋袜，光着脚站在靠海的那一面，任凭白浪漫过脚背直到小腿，那一波未去、又起一波的海浪使人感到舒适而惬意，不忍离去。

TIPS 📧**地址**：海南省琼海市博鳌镇万泉河入海口 📞**电话**：0898-62778707 🎫**门票**：53元，游船观光A线30元，B线50元 🕐**开放时间**：7：30—18：00 🚌**交通**：从海口乘车到琼海后换乘开往博鳌的中巴车或者出租车，之后步行前往即可，或者在亚洲论坛会址坐6路车也可达 ⭐**推荐星级**：★★★★★

TIPS 📍**地址**：海南省琼海市博鳌镇　📞**电话**：0898-62775396　🎫**门票**：35元　🕐**开放时间**：8:00—18:00　🚌**交通**：从琼海乘坐前往博鳌东方文化苑的专线公交车即达　⭐**推荐星级**：★★★★

GO 005 　琼海博鳌东方文化馆

赏

可以触摸的海市蜃楼

　　博鳌位于海南万泉河与浩瀚南海的交汇处。这里有世界自然生态环境保存最完好的江河入海口，也有着汇聚了江河、湖海、山岭、泉岛等八大地理地貌于一体的美景，还有迤逦延绵10公里的美丽海滩。但是，在这里，最有名的，就是琼海博鳌东方文化馆。

　　博鳌东方文化馆坐落在万泉河畔，这座继承了明清两代传统建筑特色的仿古建筑，三面环水，一面临山，莲花锦簇，绿树成荫，风景极其优美。馆内主要有博鳌禅寺和东方文化主题公园两大主体项目。

　　早在唐天宝十年（748），唐朝高僧鉴真东渡日本遭遇大风漂流到了海南，在博鳌古镇传播佛法，留下很多佛教历史遗迹。供奉着由尼泊尔国王赠送的佛祖释迦牟尼金身佛像及世界最大的铜制千手千眼观音，是海南佛教历史的延续与发展。海南宗教标志性建筑万佛塔就建于禅寺之中。

　　东方文化主题公园则位于鳌岭山下，除了寓意深刻的风调雨顺坛、天门、九九归一、万泉归海、独点鳌头等景点以外，还有7个大小不一的莲花池和百米荷花长廊。莲花池里种植培育了67种名贵荷花与睡莲，其中包括由两千多年古莲子培育出来的大贺莲、孙文莲和中日友谊莲。

　　神奇的博鳌东方文化馆，被世人称为"可以触摸得到的海市蜃楼"。

GO 006 　琼海万泉河漂流

玩

休闲度假的好去处

　　琼海万泉河漂流在琼海市烟园水电站至会山乡这河段，长约15公里，需时约3小时。河面最狭窄处约8米，最宽处约100米，水深1—10米。

　　万泉河全长163公里，发源于五指山。上游两岸山峦起伏，峰连壁立，乔木参天，这里奇伟险峻，有莽莽苍苍的热带天然森林保护区，有琼侨何麟书先生1906年在原乐会县崇文乡合湾创办的琼安橡胶园和琼崖龙江革命旧址，还有石虎山摩崖石刻等自然历史人文景观。

万泉河出海口风光更为迷人，集三河（万泉河、龙滚河、九曲江）、三岛（东屿岛、沙坡岛、鸳鸯岛）、两港（博鳌港、潭门港）、一石（砥柱中流的圣公石）等风景精华于一地，既有海水、沙滩、红礁、林带，又有明媚阳光、新鲜空气、清流柔泉，是目前世界河流出海口自然风光保护最好的地区之一。

万泉河出海口处的沙滩洁白、柔细，夕照下，沙滩上人潮如涌，人山人海。此外，这里还建有天然海边浴场、度假村、博鳌国际高尔夫球场，是休闲度假的好去处。

TIPS

✉ **地址**：海南省琼海市烟园水电站　📞 **电话**：0898-66799679　
门票：120元　🕐 **开放时间**：8:00—15:30　🚌 **交通**：在琼海市东风路88号乘坐专车可达烟园水电站，也可乘坐出租车前往　✪ **推荐星级**：★★★★

GO 007 琼海椰寨农家乐

玩

体验真正的海南农村

占地面积200亩的椰寨农家乐位于著名的万泉河畔，距离琼海市12公里，是近年来才建起的一个体现海南农家特色的旅游景点。

在这里你可以踏水车、摘水果、尝小吃、看表演，美丽的田园风光和浓郁的乡土气息使你流连忘返，你还可以入乡随俗，探访农家，攀谈农事，和农民同吃、同住、同劳动，做一天农民，使你体验到"真正的海南农村经历"。

农家乐再现了海南农村固有的风情民俗，是根据当地自然资源和当今人们寻求回归自然、返朴归真的愿望而开辟的新型旅游项目。

农家乐以其独特的河畔风光韵味、赏心悦目的八音民乐欢迎游客的到来，让人倍感亲切和新鲜。

TIPS

✉ **地址**：海南省琼海市嘉积镇椰寨村　📞 **电话**：0898-62801381　**门票**：22元　🕐 **开放时间**：8:00—18:00　🚌 **交通**：从海口乘车到琼海后换乘开往椰寨的摩托车或者三轮车即达　✪ **推荐星级**：★★★★

海口人气必游 G01
三亚人气必游 G02
文昌人气必游 G03
五指山人气必游 G04
琼海人气必游 G05
万宁人气必游 G06
陵水人气必游 G07
儋州人气必游 G08
东方人气必游 G09
附录：西沙群岛 G10

GO 008 琼海博鳌水城

赏

万泉河入海口所在地

琼海博鳌水城濒临南海，是著名的万泉河入海口所在地。

博鳌水城区域内融江、河、湖、海、山麓、岛屿于一体，集椰林、沙滩、奇石、温泉、田园等风光于一身。东部一条狭长的沙洲——玉带滩把河水、海水一线划开，一边是烟波浩渺的南海，一边是平静如镜的万泉河。在山岭、河滩、田园的怀拥下有水面完美的沙美内海；万泉河、九曲江、龙滚河三江交汇，东屿岛、沙坡岛、鸳鸯岛三岛相望。

博鳌水城作为亚洲地区唯一定期定址的国际会议组织总部所在地，于2002年4月12日召开博鳌亚洲论坛首届年会，来自48个国家和地区的近2000名代表与新闻记者参加会议，博鳌成为亚洲和世界关注点。

因其独特的自然资源、精心的规划以及高水准的开发建设，博鳌水城成为游览海南的最佳停留地之一。

TIPS

地址: 海南省琼海市博鳌镇金海岸大道1号　　**电话:** 0898-62778770　　**门票:** 15元　　**开放时间:** 8:00—18:00

交通: 从海口乘车到琼海后换乘开往博鳌的中巴车或者出租车即达　　**推荐星级:** ★★★★★

GO 009 万泉河峡谷探秘和探险

玩

中国的亚马逊河

万泉河，以前被称为白泉河，有着"中国亚马逊河"之称，全长163公里。万泉河峡谷位于万泉河上游，两岸峻岭高耸，重峦叠嶂，青翠欲滴；茂盛的热带原始丛林之中散布着山泉、瀑布、幽潭，峻险奇秀兼备，非常适合展开探险运动。在与峡谷、激流搏斗之后，静静享受蓝天碧水青山绿地，在激情与沉静的交替之间，感受着生命的跃动与安宁，这就是万泉河峡谷带来的魅力。

在这里，可以逆水冲浪，来一把激流勇进；也可以穿越人迹罕至、充满神秘色彩的热带丛林，寻找不见天日的山洞；或者攀着缆绳从悬崖上速降，从高处向深潭里跳水；或者玩一把刺激的，站在30米高的瀑布边缘，顺着飞流的瀑布，沿着陡峭的悬崖，仅仅只靠一根绳索降到谷底。这些精彩的瞬间，将会成为一生中永恒的回忆。

和峡谷探险不同，探秘就要安静许多。坐上游船，沿着峡谷顺流而下，能够欣赏到山水宁静秀美的另一面。在这里，可以看到八戒石、猴壁、鹰壁、母亲岭、青蛙塘的奇特，也能领略到虎门关、八仙湾、石狮、天泉瀑布、石龟卧河、石虎护河的秀美，让人忍不住感慨山野牧歌带来的诗情画意。

TIPS ◎**地址**：海南省琼海市万泉河 ◎**电话**：0898-62818596 ◎**门票**：196元 ◎**开放时间**：8：30—17：30 ◎**交通**：在琼海市东风路88号乘坐专车可达烟园水电站，也可乘坐出租车前往 ◎**推荐星级**：★★★★★

TIPS ◎**地址**：海南省琼海市长坡镇海龙湾港 ◎**电话**：0898-62932299 ◎**门票**：10元 ◎**开放时间**：8：00—18：00 ◎**交通**：乘坐海口至琼海的省直快车，再转乘当地的中巴车或摩托车可达 ◎**推荐星级**：★★★

GO 010 麒麟菜自然保护区

赏

中国唯一的麒麟菜养殖基地

麒麟菜，又名石花菜、鸡脚菜、珍珠菜，是一种珍贵的热带海洋藻类。它生长在海底的珊瑚礁上，有着"海底庄稼"之称。麒麟菜富含胶质，能够用来制造卡拉胶和琼脂，是一种重要的工业用海藻。麒麟菜不仅仅能够作为工业原料，生长在海底珊瑚上的它也是一道极美的风景。

这里是中国唯一的麒麟菜养殖基地，麒麟菜自然保护区就位于琼海市东北的龙湾港，面积约有130平方公里。

游客们可以租用潜水装置，在教练的指导下潜入海里。这里的海水清澈透明，能见度非常高，只有在电视里才能看到的世界，就这么出现了眼前。柔软的海葵、色彩斑斓的小丑鱼、竖着长剑的海胆、胖乎乎的海参，及五颜六色的热带鱼，都在身边穿梭。而龙虾则伏在珊瑚上捕捉美食，偶尔还能看到三点蟹、夜光螺、梭子蟹这些奇特的动物。当然别忘了我们的主角——美丽的珊瑚礁上面的麒麟菜。红褐色的麒麟菜顺着海流缓缓波动，煞是好看。

拿上特制的工具，游客就可以亲自采摘麒麟菜了。麒麟菜属于高膳食纤维食物，含有丰富的矿物质，尤其是钙和锌，还含有多糖和纤维素，具有防治胃溃疡、抗凝血、降血脂、促进骨胶原生长等作用。麒麟菜对希望保持苗条身材的女士是最合适的食物，它几乎没有蛋白质和脂肪，而且吃过之后很容易产生饱腹感，对减肥有很大的作用。

海口人气必游 GO1
三亚人气必游 GO2
文昌人气必游 GO3
五指山人气必游 GO4
琼海人气必游 GO5
万宁人气必游 GO6
陵水人气必游 GO7
儋州人气必游 GO8
东方人气必游 GO9
附录：西沙群岛 GO10

GO 011 琼海博鳌海洋馆

赏 海南第一座大型海洋展馆

　　海南博鳌海洋馆位于琼海市博鳌镇亚洲风情广场内。海洋馆是一座集观赏、娱乐、科普教育、旅游休闲为一体的大型海底世界。

　　海南博鳌海洋馆总储水量1500吨，主要饲养各种水生动植物800余种，展示区划分为热带林区、珊瑚海区、海洋哺乳动物展示区、珍品海洋区、浅海滩涂区、海底大观园区、海龟展、鲨鱼展、维生系流展示区等单元。

　　最诱人的是海底大观园区，巨大的玻璃罩内，神态各异的鱼儿悠闲穿梭，漂亮的"美人鱼"在水中翩翩起舞，人鱼共舞的景象新奇刺激，将游客带入美妙的未知世界。

TIPS

✉ **地址**：海南省琼海市博鳌镇亚洲风情广场内　📞 **电话**：0898-62778796　🎫 **门票**：71元　🕐 **开放时间**：8：00-17：00
🚌 **交通**：从海口乘车到琼海后换乘开往博鳌亚洲风情广场的中巴车或者出租车即达　🚗 **推荐星级**：★★★★★

GO 012 琼海博鳌亚洲论坛成立会址

赏 博鳌城的标志性建筑物

　　琼海博鳌亚洲论坛成立会址位于博鳌中心，是一个面积达3000平方米的膜结构建筑，是博鳌城的标志性建筑物。

　　琼海博鳌亚洲论坛的膜结构材料从海南进口，在设计上巧妙地利用地形，在万泉河边上由钢柱支撑而成，形成一种开放性的风帆式建筑，意为亚洲经济扬帆起航走向世界，这既与国际建筑理念接轨，又具有浓郁的热带风格。

　　博鳌亚洲论坛成立会址正常工期为3至4个月，建设者只用了三分之一的时间就完成，造就了令人叹服的"博鳌速度"。

　　作为亚洲地区唯一定期定址的国际会议组织所在地，海南博鳌已成为亚洲和世界关注的热点。博鳌的秀丽风光和亚洲论坛会址的吸引力让这里成了举世瞩目的旅游胜地，来到博鳌旅游观光的国内外游客络绎不绝。

TIPS

✉ **地址**：海南省琼海市博鳌镇金海岸大道1号　📞 **电话**：0898-62778770　🎫 **门票**：15元　🕐 **开放时间**：8：00-18：00　🚌 **交通**：从海口乘车到琼海后换乘开往博鳌的中巴车或者出租车即达　🚗 **推荐星级**：★★★★

赏

琼海博鳌亚洲论坛永久会址

诠释博鳌文化的所在地

海口人气必游 G01

三亚人气必游 G02

文昌人气必游 G03

五指山人气必游 G04

琼海人气必游 G05

万宁人气必游 G06

陵水人气必游 G07

儋州人气必游 G08

东方人气必游 G09

附录 西沙群岛 G10

　　琼海博鳌亚洲论坛永久会址坐落在美丽的东屿岛上，是诠释博鳌文化的所在地。

　　博鳌亚洲论坛国际会议中心总面积3.7万平方米，共分三层。主会场位于会议中心第2层，会场的主色调采用黄色，给人以宏大、辉煌的印象。

　　博鳌是著名的国际会议组织——"亚洲论坛"的永久性会址所在地。区内交通便利，通信发达，基础设施完善，拥有索菲特、金海岸温泉大酒店等星级酒店7家、开发区2个。开发区分别为博鳌滨海旅游开发区和博鳌水城国际会展休闲度假区。"亚洲论坛"永久性会址就座落于博鳌水城国际会展休假区中。

　　景区里宏伟气派的现代建筑、智能化的会议设施、动静相宜的高尔夫球场、河海交融的旖旎风光，演绎着人与自然的和谐。

TIPS ●**地址**：海南省琼海市博鳌镇东屿岛 ●**电话**：0898-62691595 ●**门票**：25元 ●**开放时间**：8:00—18:00 ●**交通**：从海口乘车到琼海后换乘开往博鳌的中巴车或者出租车即达 ●**推荐星级**：★★★★★

万宁

万宁 GO!GO!GO!

 印象

海南东南部沿海的万宁市位于东线高速公路中部。万宁在汉代属珠崖郡紫贝县，现今的万宁市拥有以"海南第一山"著称的东山岭和素有"热带花果园"美誉的兴隆温泉旅游区。异国风情和热带温泉吸引了无数来到万宁的游客，而被誉为"南海明珠"的大洲岛，以及蓝天白云下的万里碧波更是令游人沉醉。

地理

万宁市位于海南岛东南部沿海，南邻陵水，北接琼海，距三亚市112公里，距海口市139公里，恰好处于东线高速公路中部。

气候

万宁市属热带季风气候，气候温和，温差小，积温高，年平均气温24℃，全年无霜冻，年平均降雨量2400毫米，年日照时数平均在1800小时以上。每年11月至次年3月，其他地方正当寒冬之时，这里却一派阳光明艳、树木葱茏的夏日景象，游客可尽情享受冬季里的夏日时光。

万宁交通

出租车

万宁出租车起步价为3元/2公里，等候费、夜间行驶费等费用另计，是市区内旅游最方便的交通工具。此外，万宁市还具有一种独特的交通工具——蹦蹦车，又名采风车，费用便宜很多，但是在乘坐时需注意安全问题。

万宁美食

万宁是海南有名的海鲜产地，有许多别具风格的海鲜坊，海鲜菜肴均现捕现做，非常新鲜，游客可以吃遍鲍鱼、螃蟹、贻贝、龙虾、海胆等美味海鲜，而且价格也很公道。此外，万宁大洲岛还盛产燕窝，这里的燕窝是味中极品。

兴隆特色菜有白汁东山羊、正宗和乐蟹、清蒸后安鲻鱼、港北对虾、椰奶咖喱鸡、兴隆油香饭等，特色小吃有咖喱粽、蕉叶香条、千孔糕、椰汁板兰糕、椰香脆饼、鲜榨椰汁等。

万宁娱乐

兴隆的红衣人综艺晚会是万宁乃至整个海南省最负盛名的观光娱乐项目。游人在这里可以欣赏到一台雅俗共赏的文艺晚会，幽默风趣的主持人和现场的热烈气氛，以及红艺人的演出都令游人印象深刻。此外，在兴隆，游人还可体验东南亚风情的归侨文化，以及黎、苗族浓郁的少数民族风情。

万宁住宿

万宁的住宿环境舒适，环境非常优美，追求住宿环境的游客可以选择当地依景点而建的星级酒店，如兴隆金银岛温泉大酒店等。或是选择在兴隆海南康乐园海航度假酒店等温泉度假村住宿，还可同时享受温泉沐浴，住宿价格约200至500元不等。追求经济实惠的背包客最好住在景点密集的兴隆，镇上物美价廉的普通旅馆选择众多，且游客人少，并且距各市区客运站不远，乘车到相关景点交通便利。

万宁人气必游

海口人气必游 G01

三亚人气必游 G02

文昌人气必游 G03

五指山人气必游 G04

琼海人气必游 G05

万宁人气必游 G06

陵水人气必游 G07

儋州人气必游 G08

东方人气必游 G09

附录·西沙群岛 G10

GO 001

赏

兴隆热带花园

热带植物的王国和珍稀濒危植物的宝库

　　兴隆热带花园位于兴隆温泉度假城的青梅山下，始建于1992年，是一座融自然、人文、园林与生态保护为一体的大型综合性景区。

　　兴隆热带花园分为热带植物观赏区、热带雨林观赏区、生物哺育区、再造热带雨林区、园艺观赏区、森林野营区等不同游览区域。园内繁茂的热带雨林和人工造园完美融合在一起。占地5800亩的热带花园中种植热带观赏植物数千种、几十万株，其中珍稀濒危植物65种，列《中国植物红皮书》的有27种，引进栽培的珍稀濒危植物8种，堪称热带植物的王国和珍稀濒危植物的宝库。

TIPS

🏠 **地址**：海南省万宁市兴隆镇海南省兴隆温泉度假城青梅山下 📞 **电话**：0898-62571888 🎫 **门票**：15元 🕐 **开放时间**：8:00－18:00 🚌 **交通**：在海口汽车东站乘到兴隆的大巴，2小时可以到兴隆镇，之后乘坐摩托车或者风采车到景点 ⭐ **推荐星级**：★★★★★

兴隆热带植物园

热带植物的百科全书

兴隆热带植物园，位于海南省著名风景旅游区兴隆温泉旅游区内，距海口市163公里，距三亚市97公里，东临南海（距海边约10公里）、三面环山。

植物园占地600亩，植物1200多种，划分为六大展区：热带香料饮料作物、热带名优果树、热带经济林木、热带园艺植物、热带药用植物、热带珍稀植物，汇集咖啡、胡椒、香草兰、可可等热带经济作物，以及榴莲、山竹等特产果树，保存有见血封喉等野生植物的珍稀物种，特种资源丰富，园林景观优美。

由于兴隆独特的地理位置和气候条件，1957年中国热带农业科学院香料饮料研究所选定这里作为收集保存国内外热带亚热带作物（植物）资源的重要基地，为此建立了兴隆热带植物园。

走进植物园，便如同打开一本关于热

带植物的百科全书，大自然的种种奇妙在这里五彩纷呈，"名"、"优"、"稀"、"特"不胜枚举。穿行于植物园，各种奇特的热带植物花木组成一幅幅美丽的图画，置身其中，你会获得一份探奇的惊喜、一种释然的心态，仿如画中游。

海口人气必游

三亚人气必游

文昌人气必游

五指山人气必游

琼海人气必游

万宁人气必游

陵水人气必游

儋州人气必游

东万人气必游

附录：西沙群岛

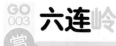
地址：海南省万宁市兴隆镇 **电话：**0898-62554410 **门票：**45元 **开放时间：**7：30—18：00 **交通：**在海口汽车东站乘坐到兴隆的大巴，2小时可以到兴隆镇，之后乘坐摩托车或者风采车到景点 **推荐星级：**★★★★★

地址：海南省万宁市万城镇北 **电话：**0898-62222308 **门票：**依季节而定 **开放时间：**9：00—17：00 **交通：**从海口乘坐省直快车到万宁，之后乘坐当地的中巴车到达 **推荐星级：**★★★★

GO 003 六连岭

赏

万州八景之一的连峰耸翠所在

六连岭位于万宁市万城镇北面60公里处，是五指山的支脉，因为六峰相连而闻名，北至琼海、定安交界处，南和陵水、保亭接壤，西与马鞍山相连，东临大海，在古时候有着"连峰耸翠"的美名，是万州八景之一。岭上有青皮、芳高、母生、红绸、黑绸、若棟等多种珍稀植物和1.8万亩的热带雨林，是海南省非常重要的天然植物保护区。

六连岭景色秀美奇特，从岭下向上环视，只见周围众峰罗列，岭峰耸翠，巍峨挺拔，遥望带尖顶、太师椅、石狗咀、三支香、鼻谷架、第一架，就好像六位少女穿着绿色衣裙，亭亭玉立，楚楚动人。古人游览此地，曾留下"游人到此欣无尽，乔木犹闻出谷莺"、"极目青山耸太清，连峰突兀翠相迎；高擎碧落真难混，秀邑浓烟绘不成，声阔禽飞常唤侣，林深兽走莫知名；高低胜景看无厌，斗酒呼朋意尽倾"的诗句。

六连岭不仅以风景迷人而著称，这里还是海南革命的胜地，是人们追忆革命历史、缅怀先烈、进行爱国主义教育的场所。六连岭南麓有座小山峰，便是当年的琼崖苏维埃政权所在地。红军战士依靠着这里的险要山势，将革命的火种燃遍了整个海南。朱德同志后来在视察六连岭时，也曾欣然赋诗《六连岭》："六连岭上彩云生，竖起红旗革命军。二十三年游击战，海南群众庆翻身。"

GO 004 万宁大花角

赏 令人流连忘返的海角

万宁大花角位于万宁县港北镇境内，紧靠港北港，离万宁县城约15公里。大花角实际坐落在一个小半岛上，其东面为浩瀚的南海，西面是一个隐蔽的小内海。

半岛上的小山构成了两个岭，分别叫前鞍岭和后鞍岭。当地人则称之为"雄鳌峰"和"雌鳌峰"。双岭周围数百米均是怪石，岭上石峰峭立，有棱有角，形状各异。

在前鞍岭的悬崖上有个神仙洞，很是险峻。听周围的村民讲，经常有猴子在洞内栖息。但由于大花角的猕猴都是未经驯服的野猴，一般人很难看得到。

站在山顶上，极目远眺，水天一色，滔滔白浪间银帆点点，扁舟竞流，鸥群翔空；俯瞰山脚，层层波浪起起伏伏地涌向岸边，互相追逐着拍击巨岩峭壁，扬起一片片浪花，发出一阵阵震耳的吼声，如群马奔腾，如礼炮轰鸣。大花角水光山色奇特秀丽，景观多彩迷人，游人临境无不流连忘返。

TIPS

地址: 海南省万宁市东南角海岸　**门票:** 免费　**开放时间:** 全天　**交通:** 从海口乘坐省直快车到万宁，之后乘坐当地的中巴车到达　**推荐星级:** ★★★★★

海口人气必游 G01

三亚人气必游 G02

文昌人气必游 G03

五指山人气必游 G04

琼海人气必游 G05

万宁人气必游 G06

陵水人气必游 G07

儋州人气必游 G08

东方人气必游 G09

附录：西沙群岛 S10

GO 005 赏 加井岛

具有淡水资源的袖珍岛屿

　　万宁加井岛位于海南东部万宁石梅湾内，距万宁县城30公里，是一个面积约1平方公里的海岛，称之为加井岛。

　　岛的一面树林繁茂，另外两面怪石林立，形成鼎立之势，异常壮观，而岛的另一面则是白沙细软如粉的幽静沙滩，沙滩会随季节不同发生位移，因此，也有人称之为"灵岛"。岛外是烟波浩渺的大海、广阔无垠的蓝天，岛内触目皆是陡峰、嶙峋怪石与那数不清的自然精品，海水清澈见底，细沙如银的海湾生活着众多的螃蟹、贝类、热带鱼。

　　附近的石梅湾沙滩上天然生长着世界上面积最大的珍稀林木——青皮林（1.4万亩），在清朝就受到保护和重视，光绪二十七年（1902）的"奉官立禁"碑，现仍立于滨海沙滩上。这里已被列为国家级自然保护区。

　　加井岛是海南为数不多的具有淡水资源的袖珍岛屿，岛上共有两处泉眼，是游客旅游观光的好去处。

TIPS

📧**地址：**海南省万宁市石梅湾　📞**电话：**0898-62525533　🎫**门票：**100元（含摆渡费）　🕐**开放时间：**全天　🚌**交通：**万宁乘车到石梅湾海滩，然后乘船前往　⭐**推荐星级：**★★★★

GO
006
赏

大洲岛

海南沿海最大的岛屿

　　万宁大洲岛即燕窝岛；位于万宁县东南部的海面上，是海南沿海最大的岛屿，距万宁县城15公里，与乌场港隔海相望，在乌场港可乘船上岛。大洲岛又称独洲岭，也叫独珠岭，有二岛三

峰，面积4.36平方公里，主峰高289.3米。

燕窝岛还是一个赏海观景的旅游胜地。此岛分为北小岭、南大岭，中间由一个长500米的沙滩相连。该岛石奇海美，不仅可以观山赏石，眺海揽秀，还可以潜水游泳。海底生物多姿多彩，潜水海底，色彩斑斓美不胜收，使人大饱眼福。岛上燕窝洞府，扑朔迷离，古木葱郁，怪石嶙峋。

唐宋以来，这里一直作为航标，也是我国唯一的金丝燕产地，"东方珍品"大洲燕窝就产于此。岛上有山薯（淮山）、金不换、龙血树和野胡椒等植物资源，还有毛鸡、蛇、四脚蛇，以及各种鸟类，资源十分丰富。1990年，这里被批准为国家级海洋生态气候自然保护区。

在这里，游人既可以登高，观日出日落，又可以尽情领略热带海上旅游的情趣，是一个赏海观景的旅游胜地。

TIPS ✉**地址:**海南省万宁市东南海上 ▣**门票:**免费 ⏱**开放时间:**全天 ▢**交通:**万宁乘摩托车到新群码头，之后乘坐快艇往返大洲岛 ☆**推荐星级:**★★★★

GO 007 牛岭

东线高速公路上的最佳观景点

万宁牛岭位于东线高速公路万宁县和陵水交界处，距海口市180公里，是东线高速公路上最佳观海点。牛岭山脉绵延直至海边。

这里，蓝色的大海如锦缎一般，锦缎上镶嵌着一颗翡翠，是名叫分界洲的绿岛。左边是万宁县的石梅湾，大片珍稀植物青皮林绿意盎然。右边是陵水县的香水湾，银沙滩闪闪发光；头顶是澄澈而纯净的蓝天，身后是滴翠的青山。

牛岭正在兴建旅游设施，将建成为一个新的旅游度假小区，目前已建成风格独特的观海亭，有盘山公路蜿蜒而上。

牛岭的海、天、树、山，脉脉含情地凝视着四方游客，使你融化在大自然美丽而甜蜜的温柔之中，是旅游观光的好去处。

TIPS ✉**地址:**海南省万宁市和陵水黎族自治县的交界处 ▣**门票:**免费 ⏱**开放时间:**全天 ▢**交通:**乘海口至万宁的省直快车到万宁，再换乘当地中巴车可达 ☆**推荐星级:**★★★

海口人气必游 G01
三亚人气必游 G02
文昌人气必游 G03
五指山人气必游 G04
琼海人气必游 G05
万宁人气必游 G06
陵水人气必游 G07
儋州人气必游 G08
东方人气必游 G09
附录：西沙群岛 G10

■**地址:** 海南省万宁市石梅湾 ■**电话:** 0898-62525533 ■**门票:** 80元 ■**开放时间:** 8:00—18:00 ■**交通:** 万宁乘中巴车即达石梅湾海滩 ■**推荐星级:** ★★★★★

GO 008 万宁石梅湾

海南最美丽的海湾

海南有众多的海湾，其中石梅湾是最具特色的。它位于海南省万宁市的东南沿岸，由两个形似新月的海湾组成，三面为青翠山坡所环抱，数条小溪从山上蜿蜒而下，流入东南方碧波荡漾的南海里。这里被世界旅游组织的专家誉为"海南最美丽的海湾"。

石梅湾拥有长达6公里的海滩，宽阔的沙滩洁白、细腻、柔软，近岸处的海水清澈见底，随着海床不断加深，海水也由浅蓝变化为深蓝。这里的海上能见度高达9米，是海南的最佳潜水地之一。

在这里的沙滩上，还生长着世界上面积最大的珍贵林木——青皮林。青皮树仅仅生长在中国、印度和马来西亚，它可以作为龙脑香料，而且木质坚硬，耐腐耐湿，也是建造桥梁和船舶，或者制作精细木器的优良木材。这片青皮林早在清朝的时候就受到了重视，光绪年间（1875—1909）立下的"奉官立禁"碑现在依然竖立在滨海沙滩上。

站在青皮林边遥望海上，可以看到一座美丽的小岛，那就是加井岛。加井岛被称为"露营天堂"，它被茂密的绿色植被覆盖，四周水下有着色彩斑斓的美丽珊瑚，吸引了许多潜水爱好者。

在这里，还能享受到石梅湾的海鲜美味。一边品味着美味佳肴，一边欣赏着盛丽美景，热带的阳光，热带的海，神秘诱人的原始风光，让人心动的淳朴祥和，游客们无不流连忘返。

GO 009 日月湾

玩

环境幽静的半月形海湾

日月湾位于万宁县加新、田新两管区之间，西连陵水县，以牛岭为界。日月湾依山傍水，北面有山岭环抱，南濒南海，是个半月形的海湾。

海湾沙滩洁白松软，海面风平浪静，适宜游泳，是个天然海水浴场。境内的匣新河和田头河静静流淌，河流在日月湾入海，河海水相渗，咸淡互补，水质清净。这里气候宜人，四季如春，风景秀丽，令人流连忘返。

日月湾兴建了度假村，有装修精美、设备齐全的标准客房和豪华客房，以及餐厅、舞厅、会客厅、会议室，样样俱全。

在海上畅游后，游客可安闲地在观海亭和品茶室品茶观海，享受休闲之乐。在海边还建有别具风情的小别墅，供情侣共度良宵。整个度假村集住、吃、泳、玩、游于一体，环境幽静，花木繁茂，景观秀美，引人入胜，常年游客络绎不绝，是万宁市新的旅游度假胜地。

TIPS

📍**地址**：海南省万宁市日月湾海边 📞**电话**：0898-62585235 🎫**门票**：30元 🕐**开放时间**：8:00—17:30 🚌**交通**：乘海口至万宁的省直快车到万宁，再换乘当地中巴车可达 ⭐**推荐星级**：★★★★

TIPS 📍**地址：**海南省万宁市兴隆镇海南省兴隆温泉度假城青梅山下　📞**电话：**0898-62571888　🎫**门票：**15元　🕐**开放时间：**8:00—18:00　🚌**交通：**在海口汽车东站乘到兴隆的大巴，2小时可以到兴隆镇，之后乘坐摩托车或者风采车到景点　⭐**推荐星级：**★★★★

GO 010 赏 兴隆根艺园

亚洲最大的根雕、根艺馆

　　兴隆根艺园又名天涯雨林博物馆，位于万宁市兴隆华侨农场兴隆旅游度假城内，它紧邻太阳河畔，三亚东线高速公路就从这里经过。这里是亚洲最大的根雕、根艺展馆，陈列着罕见的巨型根雕、根艺。

　　天涯雨林博物馆主展馆面积为3000平方米，模仿热带雨林的原貌进行装修布局。踏足主展馆，就好像置身于原始森林，这里有流泉飞瀑、峭壁岩石、古木苍龙、小桥流水、鱼跃鸟鸣，当然更少不了郁郁葱葱的大树，和巨型的根雕、根艺。这些根雕和根艺大小作品有数千件之多，重的有几十吨，高的甚至达到了9米。它们造型奇特，形貌多样，而且大多数作品都是热带雨林濒临灭绝的树种，还有一部分是已经灭绝的树种。如坡垒、子京、母生、红绸、青皮木等几十种，都相当罕见，甚至还有一部分被专家评为"无价之宝"。

　　在天涯雨林博物馆里，园林、园艺也占据了相当大的面积，这里花草遍地，奇石林立，更有种植了珍稀植物的种植园，而花梨山、钓鱼台、花草植成的八卦阵等美景，更是让人流连忘返。

　　天涯雨林博物馆的前身是印尼归侨罗德山先生于2003年7月兴建的兴隆根艺园。罗德山先生在新中国成立后不久就回国，那时的太阳河两岸都是茂密的原始森林。然而随着过度开发，这里再也看不到那种怡人的风景了。他想通过这些残存的树木躯体，向更多的人讲述热带雨林的故事，呼吁人们保护森林、保护环境、保护大自然。

GO 011 赏 东山岭

佳景云集的福山宝地

　　东山岭风景区在万宁市东2公里处，因三峰并峙，形似笔架，历史上又叫"笔架山"，是海南开发较早的旅游景点之一。

　　东山岭面积10平方公里，海拔只有184米高，遍山都是奇石。七峡巢云、正笏凌霄、仙舟系缆、蓬莱香窟、瑶台望海、冠盖飞霞、海眼流丹、碧水环龙为东山八景，驰名中外。

　　东山岭是一座美丽而梦幻的福山宝地，素有"海外桃源"之称，与五公祠、鹿回头、天涯海角等景点齐名，素有"海南第一山"之称。

　　东山岭濒临南海，自然风光秀丽，景物得天独厚，人文景观奇特，山上丹崖翠壁，泉丰林秀，石景遍布，佳致迭出，奇岩异洞，各具姿态。东山岭还建有现代化的豪华酒店。东山羊、和乐蟹、后安鲻鱼、港北对虾、东山烙饼等风味美食可以令游人大饱口福。

TIP**S** 📍**地址：**海南省万宁市万城镇 📞**电话：**0898—62227233 🎫**门票：**38元 🕐**开放时间：**8：00—18：00 🚌**交通：**乘海口至万宁的省直快车到万宁，再换乘摩托车即达 ⭐**推荐星级：**★★★★

GO 012

娱

兴隆红艺人演艺厅

兴隆夜晚最绚丽的一抹风采

在海南有着这么一句话："到兴隆，就是来看夜生活。" 兴隆夜生活中，最绚丽的就是红艺人演艺厅。

红艺人，就是我们平时说的"人妖"，在泰国被称为"红艺人"，她们能歌善舞、婀娜多姿。泰国的人妖歌舞在国际上有着很高的声誉，是与海南的红磨坊、美国的百老汇的表演并称于世的歌舞艺术表现形式。兴隆红艺人演艺厅就是专门进行红艺人演出的地方，建筑造型与泰国曼谷皇家大剧院相仿。

这里每天晚上都会进行红艺人表演，首先能欣赏到神鞭、飞刀绝技，用鞭子开酒瓶、灭烟头、切苹果等节目，艺人用飞刀也可以画出漂亮的人体素描。在风趣幽默的主持人的指挥下，惟妙惟肖的口技表演、伤感的二胡独奏曲、热烈的架子鼓演奏、模仿迈克尔·杰克逊的舞蹈等表演将气氛炒热之后，就是红艺人们登场的时候了。

随着一段异域风情的音乐响起，那些"双面佳人们"从大厅的各个角落，袅袅婷婷地走上了舞台。她们穿着华丽，千娇百媚，笑容可掬，在台上载歌载舞，舞姿优美，步伐轻盈，婀娜妖媚，为观众带来精彩绝伦的视觉享受。

TIP**S** 📍**地址：**海南省万宁市兴隆旅游城 🎫**门票：**依表演而异，约150元 🕐**开放时间：**依表演而异 🚌**交通：**乘海口至万宁的省直快车到万宁，再换乘中巴车即达 ⭐**推荐星级：**★★★★

陵水

陵水 GO! GO! GO!

印象

位于南海之滨的陵水县，已有1390多年的悠久历史。陵水素有"天然温室"、"热带作物种植宝地"之美称。吊罗山脉中的吊罗山森林公园具有热带雨林风情，是海南省难得的天然旅游避暑胜地。风景优美的南湾猴岛是全国唯一的热带海岛型猕猴保护区。

地理

陵水位于海南岛的东南部，县城的海拔只有10米左右，吊罗山脉横贯陵水县西北，而万顷碧波的南海则静卧在县城东南。

气候

陵水属于典型的热带季风岛屿型气候，光照充足，年平均温度24℃，最高温度37℃。属于热带季风岛屿型气候，全年降雨量1500—2500毫米。每年5至10月是雨季，9月是降雨高峰期，游客出行会有不便。陵水全年都适合旅游，每年10月到次年5月风平浪静，气候怡人，暖风和煦，是最佳旅游时节，也是少数民族节日最多的时候。

陵水节日

1月
2月
3月
4月
5月
6月
7月
8月
9月
10月
11月
12月

元宵节

时间：农历正月十三到正月十六

元宵节在陵水县城举行，陵水的元宵节不但有丰富多彩的元宵灯会，还有独特的元宵游灯活动。元宵游灯是由民国时期的"元宵游公"转变而来的。"游公"是指信徒们抬着陵水县城附近四个宗庙的"东门公"、"后山公"、"龙王公"、"北关公"的木头雕像，手执多姿多彩的灯笼，在元宵佳节期间穿街串巷游行。而现在的游灯活动是一辆辆经过精心布置的彩车按照传统的出游顺序行进。这些彩车上布满着各种独具特色的彩灯与芳香四溢的鲜花，令人赞叹不已。

三月三

时间：农历三月初三

"三月三"在陵水县城举行，是黎族人民和苗族人民的共同节日，只是两者的意义大不相同。黎族的"三月三"是青年们的情人节，这一天黎族青年男女都会穿上鲜艳的民族服装，在欢快的乐曲中翩翩起舞。他们还在山坡、河畔、槟榔树下用优美情歌进行对答，寻找心目中的佳侣。每年的"三月三"期间都会举办欢快的专场演出，场景壮观，热闹非凡，这个节日也是黎族同胞进行交流、娱乐和购物的盛会，被称为黎族的狂欢节。苗族的"三月三"则类似于汉族的清明节，是祭拜祖先的重要节日。

中元节

时间：农历七月十五

中元节在陵水县城举行，每年黎族同胞都会在中元节前几晚进行"放文灯"活动，文灯就是孔明灯。这种活动既是当地人民一种传统的娱乐活动，又是陵水的一个重要民俗文化现象。相传放文灯是为了给那些孤鬼冤魂赐以光明，好让他们顺利升天，早登极乐世界。

陵水交通

出租车

陵水县是刚刚开发的旅游景区，出租车比较少，出租车价格会随意调动，因此乘坐摩的是一个比较方便的选择，只是需要注意安全。此外，陵水县的出租车也提供包车服务，只是价格不固定，需要议价。

公共汽车

陵水车站有多班发往各乡镇的公共汽车，都是中巴车，安全快捷，价格也比较便宜。"风采车"也就是俗称的"蹦蹦"，是陵水县城内的主要交通工具，一般车费1—3元，路途长些的十几元。路途较远则可以乘坐当地的"三脚猫"，这是一种客货两用三轮摩托车，最多可以坐十几个人，票价也很便宜，只是安全性没有中巴好。

陵水美食

陵水的美食众多，主要是以各种林间野菜与生猛海鲜为主，陵水也是各种热带水果的主要出产地。野菜如吊罗山的雷公笋、野苋菜、树花菜等，全天然无污染，备受食客欢迎。新村港疍家渔排的鱼粥，被誉为"天下第一粥"。各类生猛海鲜就地捕捞，当场烹饪，原汁原味，令游客大快朵颐，尽享口福。陵水的黄灯笼辣椒的辣度高达15万辣度单位，在世界诸多辣椒之中位居第二位，是真正的"辣椒之王"，含有多种维生素，具有极高的营养价值。口感酸辣的陵水酸粉是陵水的风味小吃，这种小吃选用当地优质稻米制作而成，加入一些蔬菜，辅以油炸花生，又有海鲜作为调味，口感极佳，是来到陵水不可不尝的特色食品。

陵水住宿

陵水的住宿条件还算可以，酒店虽然不是很多，但档次齐全。陵水的风景度假区内也有多家酒店，如南湾半岛上的天朗度假酒店，是陵水唯一一家四星级酒店，面对碧波万顷的大海，只是价格较高。陵水县城中也有多家价格适宜的星级宾馆酒店。除了节假日外，在陵水住宿都可以要求打折，酒店门市价的季节性变化非常大，在旅游淡季来到陵水可享受到最优惠的价格。

陵水购物

陵水拥有许多特色商品，精细、轻软、耐用、图案精美的黎锦制品，由黎族妇女用手工编织而成，筒裙、上衣、头帽、花帽、花带、胸挂、围腰、挂包、龙被和壁挂等精美的织绣艺术品，反映了南国乡土的独特风韵。陵水的藤制品也是当地的特产，这些精美耐用的藤器是风靡亚洲的畅销品。陵水的另一项特产是珍珠，这里的珍珠以圆润晶莹、颗粒大而闻名。陵水的新村是海南最大的珍珠产地，曾培育出我国最大的一颗珍珠，所有的"南珠"中，白蝶贝所产的珍珠属于极品类。当地众多的珍珠商场中，珠香轩是最为有名的一家。

陵水娱乐

陵水拥有中国最长的跨海索道，这条索道也是中国罕见的变速索道，乘缆车跨越陵水湾时，眼前的海景和海上巨大的鱼排阵，令人惊叹不已，而时快时慢的速度又让人觉得非常刺激。

GO 001 南湾猴岛

赏

世界上唯一的岛屿型猕猴保护区

　　南湾猴岛位于海南省陵水县南湾半岛上，三面环海，是世界上唯一的岛屿型猕猴自然保护区。

　　南湾猴岛景区四季绿树葱葱，风光秀丽迷人。猴子岛三面环海，碧波万顷，一面青山依傍。岛上怪石嶙峋，像一把铁锚抛入浩瀚的南海。这里气候温和，雨量充沛，草木四季常青，花果繁盛，属典型的热带风光，既适合猕猴生长繁衍，又能为猕猴提供充足的食物。

海口人气必游
三亚人气必游
文昌人气必游
五指山人气必游
琼海人气必游
万宁人气必游
陵水人气必游
儋州人气必游
东方人气必游
附景：西沙群岛

　　多年来，有关部门对南湾猴岛的猴群采取了一系列保护措施，部分猴子被驯化成功。猴群无忧无虑地生活在这个被监护管理的大自然生物圈里，南湾猴岛成了它们的真正乐园。

　　到南湾猴岛观猴，乐趣无穷。观猴最佳时刻是管理人员喂食之时，哨笛一响，满山树摇草动，猕猴们有的连蹦带跳，有的在树上飞跃荡秋千，一边争吃，一边打闹，千姿百态。

TIPS

地址：海南省陵水黎族自治县南湾半岛新村镇　电话：0898-83361465　门票：138元　开放时间：8:30—16:30　交通：在陵水县城乘坐陵水到新村的巴士，之后步行即达索道　推荐星级：★★★★★

分界洲岛

GO 002

赏

热带风情的袖珍岛

　　分界洲岛位于陵水县东北部海面上，面积约1平方公里，距东线高速公路牛岭隧道约8海里，岛上有众多珍稀植物和动物。

　　分界洲岛处于海南岛重要的分水岭上。该岛是牛岭的一部分，牛岭南北气候大异。在这里常常可以看到奇观：夏季时，岭北大雨滂沱，岭南却是阳光灿烂；冬季时，岭北阴郁一片，岭南却阳光明媚。分界洲岛东面悬崖峭壁，浪花如雪；西面则有一个波平浪缓的小海湾，湾内的沙滩松软细白。

　　实际上，整个牛岭是五指山山脉的延续，由于亿万年前大陆板块的挤压形成。分界洲岛也是牛岭的底部，后来冰川期海水的浸入，淹过了较低的部分，切断了分界洲岛与牛岭的联系，从而形成了现在的样子。

　　这座岛屿昔日没有人烟，但是了经过2年的精心开发，现已基本成为一座充满热带风情的旅游袖珍岛，人们可在这里度假休闲，感受前所未有的新奇刺激。

TIPS 　✉**地址：**海南省陵水黎族自治县与万宁市分界处　📞**电话：**0898—83347777　🎫**门票：**100元　🕐**开放时间：**9：00—17：00　🚌**交通：**在陵水县乘坐到分界洲岛码头的大巴，之后乘船即达　✪**推荐星级：**★★★★

海口人气必游 GO1
三亚人气必游 GO2
文昌人气必游 GO3
五指山人气必游 GO4
琼海人气必游 GO5
万宁人气必游 GO6
陵水人气必游 GO7
儋州人气必游 GO8
东方人气必游 GO9
附录：西沙群岛 GO10

TIPS 📧**地址:** 海南省陵水黎族自治县吊罗山 📞**电话:** 0898—83421478 🎫**门票:** 30元，导游费15元 🕐**开放时间:** 8:00—18:00 🚌**交通:** 在陵水县富陵路乘中巴车1小时左右到达本号镇，之后换乘当地的三轮车前往即可，或者在陵水车站乘坐吊罗山林业局 的工作车 ⭐**推荐星级:** ★★★★

GO 003 吊罗山国家森林公园

玩

"植物宝库"和"真正的动物园"

吊罗山国家森林公园位于海南省东南部，交通便利，地理位置优越，距高速公路陵水县入口处20公里，面积3.8公顷。

吊罗山国家森林公园内湖光山色，峰峦叠嶂，拥有飞瀑溪潭、巨树古木、奇花异草、岩洞怪石等众多天然旅游景观，植物种群极为丰富，达3500多种，仅兰花就有250多种。

吊罗山国家森林公园最高海拔1499米，与泰山同高。吊罗山度假村坐落在海拔900米的原始森林边缘，常年凉爽，平均气温为20℃，是理想的避暑胜地。度假村设施齐全，已具备星级宾馆的接待能力。

吊罗山是名副其实的"植物宝库"和"真正的动物园"，不仅令人心旷神怡，更能使人增添许多科学知识，既适宜于避寒，也适宜于避暑；既适宜观光娱乐，更适宜于考察探险。

GO 004 香水湾

赏

滨海风光奇特

香水湾位于陵水县东部，距县城18公里，因香水岭的泉水在此注入海湾而得名。香水湾与万宁市的石梅湾相接，滨海风光奇特。

踏入香水湾，首先映入眼帘的是青翠的椰林，以及漫无尽头的银色沙滩，低处若毯，高处成丘，酷似沙漠景观。海边怪石嶙峋，海水清澈见底，巨浪拍岸，飞珠溅玉。海上，渔帆点点，海鸟嬉翔。这里山青水碧，空气特别清新。

香水湾边有口非常奇特的"仙人井"，距海边仅几步之遥，石缝间冒出甘甜的泉水。即使天干地旱，泉水永不干涸。当地农民中流传一句谚语：饮了仙人井的泉，能"香三年，白三年，平平安安过三年"。

现在香水湾正在加紧开发，一批旅游项目正在建设，香水湾将以她独特的魅力，迎接八方来客。

TIPS 📧**地址:** 海南省陵水黎族自治县东部 📞**电话:** 0898—83348888 🎫**门票:** 免费 🕐**开放时间:** 全天 🚌**交通:** 在海口东站乘坐海口到陵水的中巴，在香水湾或牛岭高速路口下车即可 ⭐**推荐星级:** ★★★★

儋州

H·
儋州 GO!GO!GO!

印象

儋州市位于海南岛西北部，古称儋耳，迄今已有2100余年的历史，是海南最早设置行政建制的地区之一，西汉大将军马援、南北朝及隋朝初年的黎族祖先冼夫人、北宋文豪苏东坡等都曾在此停留。作为历经11个朝代的文化古城，"书声琅琅，弦歌四起"就是儋州的真实写照。素有"诗乡歌海"之称的儋州调声和山歌早已蜚声中外，其中儋州调声更是被列入首批国家级非物质文化遗产保护项目。

地理

由平原、丘陵、山地三部分构成的儋州市，地势由东南向西北倾斜，南部属山地和丘陵地带，西南属平原阶地及火山熔岩台地，东南部为沙壤土。儋州市境内大部分都在海拔200米以下，境内有大小山峦160座，拥有大小河流36条，全境海岸线长225公里，且曲折多海湾。

气候

儋州市地处东亚大陆季风气候的南缘，属热带季风气候，全年光照充足，平均日照在2000小时以上。儋州气候干燥，气温为海南最高，降水主要集中在6—11月的台风季节，冬季由于受海洋寒流的影响较大，气温相对较低，适宜旅游。

儋州节日

儋州中秋歌节
时间：农历八月十五

儋州中秋歌节在儋州市北部沿海地区举行，每年农历八月十五中秋月圆时，当地人们都会身穿节日盛装欢聚一堂，到处可见人如海、歌如潮的热烈场面，主要活动内容是儋州山歌、调声对歌比赛和赏月等项目。

儋州端午节

时间：农历五月初五

儋州端午节在儋州市西北部沿海地区的光村、海头等乡镇的海边举行，每年农历五月初五这一天当地的男女老少都会身着各种颜色的节日盛装，观看龙舟竞赛，此外还有包粽子和用海水擦眼的海浴等活动，是儋州民间的传统节日。

儋州交通

出租车

儋州市内的出租车起步价为3元/2公里，此外，陵水县的出租车也提供包车服务，只是价格不固定，需要游客议价。

其他

儋州市内的主要交通工具为三脚猫、风采车和私人中巴，可以随时上下，不受时间、地点的限制，而且价格也便宜，只是要注意安全。

儋州美食

儋州那大镇狗肉非常有名，食法分为火锅和卤肉两种，香味四溢，令人胃口大开，其中在儋州市委招待所餐厅内的那大狗肉最为知名，路边排档的狗肉味道与之相去甚远。此外，儋州的红鱼粽、光村沙虫、长坡米烂粉、松涛水库鳙鱼头、白马井红鱼、峨曼火山口乳羊肉、儋州鱼肚等特色菜也远近闻名，不可错过。

儋州住宿

儋州是海南西线住宿条件最好的城市，市内有许多不错的酒店，房价一般为100—150元，此外，在蓝洋温泉旅游度假区内有近10家温泉度假酒店，每家酒店都拥有自己的温泉泳池，是休闲度假的最佳选择。

儋州

人气
必游

Tourist Attractions

GO.E
Tourist Attractions
人气
必游

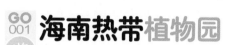

GO 001 海南热带植物园

赏　珍奇植物荟萃一园

海口人气必游 001
三亚人气必游 002
文昌人气必游 003
五指山人气必游 004
琼海人气必游 005
万宁人气必游 006
陵水人气必游 007
儋州人气必游 008
东方人气必游 009
附录：西沙群岛 010

儋州海南热带植物园位于儋州市那大镇西郊，是华南热带农业大学、中国热带农业科学研究院的植物标本园。

植物园占地93公顷，已建成6个游览区：经济林木区、棕榈区、热带果树区、香料药材区、观赏花木区、木本油料区，各种珍奇植物荟萃一园，蔚为大观。

从1958年创建以来，植物园已从许多国家和地区引进了数百种珍贵的经济植物，加上所保存的国内热带、亚热带植物种类，共有1500多种。静谧怡人、瑰奇神秘的环境，吸引着无数游客，建园至今，先后接待过我国历届国家领导人和许多国际友人。

TIPS ✉**地址**：海南省儋州市那大镇中国热带农业大学院内 ☎**电话**：0898—23300195 🎫**门票**：15元 ⏰**开放时间**：8：30—17：00 🚌**交通**：在海口汽车东站乘到那大镇的大巴，在那大镇坐三轮车到达景点，或者在儋州汽车站后西面的建设路口乘坐直达景点的中巴 ⭐**推荐星级**：★★★★

海口人气必游 G01
三亚人气必游 G02
文昌人气必游 G03
五指山人气必游 G04
琼海人气必游 G05
万宁人气必游 G06
陵水人气必游 G07
儋州人气必游 G08
东方人气必游 G09
附录·西沙群岛 G10

GO 002 赏 杨浦古盐田

中国最后一个保留原始日晒制盐法的古盐场

　　洋浦古盐田位于洋浦经济开发区新英湾区办事处南面的盐田村，是我国最早的一个日晒制盐点，也是我国最后一个保留原始日晒制盐方式的古盐场。

　　这里现今保留了700多亩的盐田、7300多个石槽，晒盐泥地、盐泥池、盐卤水池各八九十个，蓄海水池六七十个。

　　独特的景观和制盐工艺使人仿佛回归自然，历经千余年磨砺的盐槽、祖辈们留下的盐田和晒盐方式，演绎出东坡盐槽、千年龟石、白玉盘、古盐铺、仙人脚等神奇传说。

　　洋浦盐田也是我国目前保存比较完好的古盐场，沿用至今的古老传统制盐工艺是中华民族民间传统制盐手工业发展的历史见证。

TIPS 📍地址：海南省儋州市杨浦经济开发区新英湾区办事处南面　🎫门票：免费　🕐开放时间：全天　🚌交通：在儋州乘坐前往杨浦经济开发区的中巴车即达　⭐推荐星级：★★★

GO 003 赏 龙门激浪

绵延起伏的万千怪石

　　龙门激浪位于海南省儋州市峨蔓镇海滨龙门山。龙门山为海滨岩石山，海拔39米。

　　山上怪石嶙峋，从北望南，延绵起伏，状似万里长城。沙滩洁净，风景别致，站在岩上观涛，心旷神怡。龙门激浪于明代得名，受历代游人称赞。

　　山之东有一瓮门，素称"南天第一门"，中空通风，北风吹来，卷起巨浪，撞击在石门上，浪击石鸣，犹如击鼓，响彻10余里，故得名"龙门激浪"。

　　龙门激浪毗邻洋浦开发区，随着洋浦的开发，龙门激浪景观名声远播，游人日增。

TIPS 📍地址：海南省儋州市峨蔓镇北部海滨的龙门山　📞电话：0898—23315151　🎫门票：50元　🕐开放时间：8:00—18:00　🚌交通：乘海口至儋州的省直快车，再乘当地的中巴车可达　⭐推荐星级：★★★★

蓝洋国家森林公园

玩 特色鲜明的温泉旅游度假区

　　蓝洋国家森林公园位于海南省儋州市，距海口市135公里，距洋浦开发区72公里，面积5660公顷。

　　森林公园四周由莲花岭等数十座形貌奇特的山峦环抱，峰岭起伏，层峦叠嶂，沟谷纵横。裸露的岩石无不奇形异状，千姿百态，引人遐想。被称为"海南第一洞"的观音洞有上、中、下三层，总长500多米，洞中有洞，幽深曲折，奥妙无穷。公园内林木茂密，色彩缤纷，森林覆盖率90%以上。热带季雨林、次生阔叶林，以及各类经济林、果木林等植被景观丰富多彩，各种类型的热带植物分布林间，这座绿色的宝库具有很高的科研价值和旅游价值。

　　区内还建了温泉分园、蓝洋温泉度假村和一批温泉度假设施。这些旅游设施与观光果园、观光花园、观音洞、莲花岭瀑布等组成一个特色鲜明的温泉旅游度假区。

TIPS **●地址：**海南省儋州市蓝洋镇 **●电话：**0898-23357498 **●门票：**280元 **●开放时间：**8:00—18:00 **●交通：**从海口汽车西站乘到儋州那大镇的大巴，在那大镇租车前往 **●推荐星级：**★★★★★

海口人气必游 G01
三亚人气必游 G02
文昌人气必游 G03
五指山人气必游 G04
琼海人气必游 G05
万宁人气必游 G06
陵水人气必游 G07
儋州人气必游 G08
东方人气必游 G09
附录·西沙群岛 G10

GO 005 白马井和伏波古庙

赏 汉代伏波将军马援的人文胜迹

儋州白马井位于儋州市白马井镇，距那大镇50多公里。"白马涌泉"和伏波将军庙是白马井的两个重要景点。

传说汉代英雄马伏波将军南征时，将军的白马用蹄刨沙，涌出清泉。后来，人们为纪念这位汉代英雄而造伏波庙，设伏波井。

白马井古迹随着洋浦港的开发建设和白马井开发区、白马井边贸市场的设立，迎来了日益增多的国内外游人。

TIPS ✉**地址**：海南省儋州市白马井镇 ☎**电话**：0898-23315151 ◎**门票**：免费 ◷**开放时间**：全天 🚌**交通**：乘海口至儋州的省直快车，再乘坐中巴车到达白马井镇即可 ✪**推荐星级**：★★★

TIPS ✉**地址**：海南省儋州市中和镇 ☎**电话**：0898-23571206 ◎**门票**：8元 ◷**开放时间**：8:00—18:00 🚌**交通**：在儋州解放路上坐3路车到北站，再转乘开往中和镇的中巴即达 ✪**推荐星级**：★★★★

GO 006 儋州东坡书院

赏 苏东坡在儋州的住所和讲学之地

儋州东坡书院位于海南岛儋州市中和镇，古时候是儋州府所在地，弯弯曲曲的村街全用青石板铺成，古庙、古寺、石碑随处可见。

古老的东坡书院就在一片椰林之下。书院大殿在载酒堂后面，两者相隔一庭院，左右两侧是廊舍，与载酒堂形成一个四合院。东坡讲学的彩雕陈列大殿正中，馆前东坡铜像矗立在姹紫嫣红的鲜花丛中。他头戴斗笠，脚穿木屐，高卷裤管，仿佛正冒雨归村。

书院是北宋为纪念苏东坡而建，后经重修，明代更为现名。堂中绘有苏东坡居儋三年的生活情景图录。书院内大殿和两侧耳房，展出苏东坡许多书稿墨迹、文物史料和著名的《坡仙笠屐图》，还有郭沫若、邓拓、田汉题咏的诗刻及书画名家的艺术作品。

东坡书院环境十分雅致，树木葱茏，鸟语啁啾，虽历经千年的风雨沧桑，但代代乡党重文厚教，募资悉心修葺，至今仍保存完好，为海南重要的人文胜迹之一。

中和古城

赏 历史悠久的海南古镇

儋州中和古城位于海南省儋州市西南6公里处，为儋州州治，宋代大文豪苏东坡于此谪居三年。

中和古镇雾海云天，镜湖碧水，方圆数百里，四周青山环绕，林木叠翠，盆地荡漾着湖水，水波不惊，湖畔有大片橡胶林、木麻黄林、山清水绿，构成一幅绿色基调的水彩画。

由于苏东坡对本地文化的影响，几百年来，这里人人能吟诗作对，中和镇享誉"诗对之乡"。镇东有东坡书院、桃榔庵、东坡井等，宋代建筑的古城至今尚保存有西、北两个城门，依稀可见当时的宏伟规模。

镇内现保存城垣、州治、书院、庙宇、庵堂、井泉、街巷、石塔等古迹13处，其中全国重点文物保护单位1处、省级重点文物保护单位2处、市级重点文物保护单位10处。

TIPS 　📧**地址：**海南省儋州市　📞**电话：**0898-23315151　🎫**门票：**免费　🕐**开放时间：**全天　🚌**交通：**乘海口至儋州的省直快车，再乘坐出租车或摩托车可达　⭐**推荐星级：**★★★★

八十一英岛石花水洞

赏 一部活生生的地质科普教科书

八十一英岛石花水洞位于海南省儋州市国营八一总场的英岛山下，距儋州市30公里，是一个综合性的园林景观。

该溶洞由旱洞和水洞组成，旱洞长约2000米，水洞约3000米长，水深多在5—7米，最深处有17米。造型奇特、形态各异的钟乳石或悬挂洞顶，或拔地而起，美不胜收。

1998年，八一农场进行石灰石采掘时，意外发现了一个石花溶洞。次年，中国地质学会洞穴研究专家考察后认为，这是中国乃至世界上十分罕见的石花溶洞，形成于140万年以前，当即建议将其命名为"石花水洞"。

在水洞中轻舟漫游，宛如遨游龙宫，美不胜收。洞外还有石林景点、热带水果种植园等。石花水洞"山灵、水秀、洞幽、石奇"，是一部活生生的地质科普教科书，更是观光游览的好去处。

TIPS 　📧**地址：**海南省儋州市国营八一总场英岛山下　📞**电话：**0898-23315151　🎫**门票：**60元　🕐**开放时间：**8：00—17：30　🚌**交通：**乘海口至儋州的省直快车，再乘坐中巴车或出租车到达国营八一总场即可　⭐**推荐星级：**★★★★

松涛水库风景区

宝岛明珠

松涛水库风景区在儋州市区东南20公里处，跨儋州、白沙两市县，是享有"宝岛明珠"盛誉的高山天池。

日出和日落时，松涛坝区霞光灿烂，掩映着殷红的水面，水天一色，衬托着起伏的山峦和婆娑的椰林，山清水秀，壮美绚丽，如诗如画。

水库风景区始建于1958年，费时10年建成，是我国大型的土坝工程之一，大坝高81.1米，长760米，将奔腾的南度江水截在南洋和番加洋河谷里，库区面积达144多平方公里，水库中有岛300多个。

如今，这块峰峦驰聚、群山叠彩、仙泉流注、江溪潮涌的风水宝地在春风的吹拂下愈发天姿绰约、生机勃发、璀璨迷人。乘船游览，游客可以亲口品尝独具一格的松涛鳙鱼火锅，体验人生一大乐趣。

TIPS 📧**地址:** 海南省儋州市南丰镇 📞**电话:** 0898-23711119 💰**门票:** 120元 🕐**开放时间:** 8:00—18:00 🚌**交通:** 从海口汽车西站乘到儋州的大巴，再乘中巴至目的地，或在儋州租车前往 ⭐**推荐星级:** ★★★★

海口人气必游 G01
三亚人气必游 G02
文昌人气必游 G03
五指山人气必游 G04
琼海人气必游 G05
万宁人气必游 G06
陵水人气必游 G07
儋州人气必游 G08
东方人气必游 G09
附录: 西沙群岛 G10

东方

东方 GO!GO!GO!

印象

位于海南岛西部的东方市历史悠久，早在汉武帝时期就开始置县了。东方是古老的，这里有新石器时代至汉代遗址、宋代海南第一进士符确基的墓地，黎族传统节日"三月三"的发源地也在东方。东方又是现代的，1997年才成为县级市，拥有我国第三大气田，是我国南方重要的化工基地。

地理

东方市位于海南岛的西侧，濒临北部湾，与越南隔海相望，面积2256.27平方公里，市政府设在八所镇，西部的海岸线长84.4公里，东部则是山区丘陵带。

气候

东方市属热带季风海洋性气候区，旱雨两季分明，降雨量偏小，日照充足，蒸发量大，是海南岛唯一一处的蒸发量大于降水量的地区。东方也是海南风力最大的地区，年平均风速为4.8米/秒，这里的秋冬季节盛行北风及西北风，到了夏季则是南风和东南风的天下。

东方节日

哥隆人婚礼

时间：不固定

哥隆人是指居住在东方市北部昌化江下游南岸的居民，主要集中在新街、三家、四更3个镇，他们的婚礼分为6个步骤，其中以结婚最有特色。哥隆人接新娘是用牛车来迎亲，并伴有吹打乐队前行。新娘出门时会拿着自织的花巾，开始依次向长辈哭嫁，哭嫁时的内容多为感激父母养育之恩、表孝心之类的话语，借以表达自己对娘家的感激和惜别之情。出门时辰一到，新娘上车后还要继续探出身来哭嫁，以表达眷恋之情。

1月
2月
3月
4月
5月
6月
7月
8月
9月
10月
11月
12月

三月三

时间：农历三月三

在东方市俄贤岭举行的三月三活动是海南最早的三月三庆典，这个节日本是黎族青年的情人节，是未婚青年男女追求爱情和幸福的民间传统节日，现在则是海南岛上一个重要的民俗文化节日。到了农历三月三这一天，黎族同胞们不分男女老少都会穿上节日盛装，汇聚到俄贤岭广场上来，在集会的广场上举行丰富多彩的文艺活动。有些青年还会在活动中互相表达爱情，为日后喜结良缘打下基础。入夜时分，广场上点燃了篝火，黎家小伙和姑娘们会围着篝火载歌载舞，跳起欢快的槟榔舞和竹杠舞，把节日的气氛推向了最高潮。

东方交通

铁路

东方火车站位于县城的主干道友谊路的末端，靠近海边，距县城中心约4公里，东方站的候车室面积567平方米，能容纳500人同时候车。东方火车站有北上海口、南下三亚的空调快速列车。从东方乘火车到海口一般需2.5小时左右，到三亚则需1小时以上。

东方住宿

东方市内住宿条件一般，游人可在毗邻的昌江黎族自治县内体验黎苗风情，住在当地特色的船形屋中，亲身感受黎族人的生活情趣，定会为旅途增添不少乐趣。船形屋别有一番风味，且价格便宜。需要注意的是，住在黎族人的船形屋内不得戴草笠进屋、在屋内吹口哨、在屋内扛锄头，这些都是犯忌的。

东方美食

东方四更村的四更烤猪是当地久负盛名的美味。四更烤猪的制法与众不同，一般先用葱蒜、生姜、南乳、老抽和陈酒以及其他香料将猪肉腌制数小时，之后用炭火炙烤3小时左右，当表面呈酱红色后便可装盘食用，四更烤猪皮脆、肉嫩、骨酥，配上四更辣椒和糖醋拌制的酱料令食客赞不绝口。

毗邻东方市的昌江黎族自治县是乳羊的主要产地，昌城乡畜牧场的乳羊肉质结实，与野羊一样脂肪少、肉味鲜、味道美，特别滋补，被誉为山珍。

东方
人气必游

GO.1
Tourist Attractions
人气必游

海口人气必游 G01
三亚人气必游 G02
文昌人气必游 G03
五指山人气必游 G04
琼海人气必游 G05
万宁人气必游 G06
陵水人气必游 G07
儋州人气必游 G08
东方人气必游 G09
附录：西沙群岛 G10

GO 001 鱼鳞洲

赏　海南风景名胜之一

鱼鳞洲风景区位于东方市八所镇西南的海滩上，据资料记载，清康熙四十年（1701），鱼鳞洲就被列为海南风景名胜之一。

鱼鳞洲面临波涛翻滚的大海，奇峰林立，常年山花烂漫；海滩上，沙细如末白如雪，松软如绵；海面碧波万顷，浅水小艇穿梭，远海白帆点点，海鸥翔空；海风推波助澜，浪打在石壁上，溅起一堆堆雪白的浪花，沉雷般的涛声轻重有序，节奏均匀。

远古时候，鱼鳞洲居住着一户黎民，夫妻俩恩爱如蜜。后来，来了一队官军，要把他俩赶进深山老林，丈夫奋起反抗被杀，妻子悲痛无比，变成了海燕，日夜不停地衔泥掩盖丈夫的尸

体，日长月久，便把坟墓垒成高山，泥土重重叠叠，很像鱼鳞。当地百姓为了纪念这对夫妻，便把这地方叫做鱼鳞洲。

鱼鳞洲海边的岩石由于终年受海浪冲击，形成了各种造型的奇岩怪石，有的状若伞顶，有的貌似斗笠，有的雄伟傲然，有的俏丽柔和，有的高出海面，有的侧卧沙滩，美不胜收。

TIPS 🏠**地址**：海南省东方市八所镇磷洲路西南郊海滩上　🎫**门票**：免费　🕐**开放时间**：全天　🚌**交通**：乘海口到东方市的省直快车到东方后，乘坐出租车或者三轮车前往　⭐**推荐星级**：★★★★

GO 002 大田坡鹿保护区

赏 欣赏海南坡鹿

　　东方大田坡鹿保护区距东方市区20公里，占地2000顷，养着800多只坡鹿。坡鹿和大熊猫、金丝猴一样，都是国家一级保护动物。它体态优美，与梅花鹿相像，但犄角向前弯曲，很有观赏价值。

　　登上保护区的眺望塔可以看到鹿群嬉游。坡鹿最喜欢红颜色，所以在朝阳初升和夕阳西下的时候，它们便成群出来活动。这时登塔观鹿最佳，偶尔还可看到山猪等野生动物出没。

　　海南坡鹿是印度泽鹿的同属，由于它分布在海南西部的丘陵草坡地带，故称海南坡鹿。坡鹿的营养价值极高，鹿茸、鹿筋、鹿胎都是营养滋养品，较一般鹿种好得多，能使人强身健骨、延年益寿，被人们称为稀世之宝。

　　保护区内设置了供游人观赏坡鹿的地点，还驯养成功了几十只坡鹿供游人近处观赏、拍照等。

TIPS

■**地址：**海南省东方市八所镇东大田乡 ■**门票：**20元 ■**开放时间：**8：00—18：00 ■**交通：**乘海口到东方市的省直快车，到东方再乘中巴车到目的地 ■**推荐星级：**★★★★

GO 003 赏 昌江霸王岭保护区

巍巍群山、莽莽林海

昌江霸王岭保护区的山岳横跨东方、昌江和白沙,是海南省的六大林区之一。

霸王岭林区是海南热带雨林的典型代表,气候温和,雨量充沛,动植物种类繁多,生态系统完整,功能齐全,具有典型性、独特性、珍稀性、多样性四大特征,分布有野生植物2213种、野生动物365种。

昌江霸王岭保护区是国家天然林保护工程,总面积177.9万亩,其中重点天然林面积74.3万亩,场乡共管面积103.6万亩,森林覆盖率为96.7%。

霸王岭巍巍群山,莽莽林海,风光无限,处处充满神奇的色彩,是旅游观光、休闲度假、探险考察和商务会议的理想之地。

海口人气必游 GO1
三亚人气必游 GO2
文昌人气必游 GO3
五指山人气必游 GO4
琼海人气必游 GO5
万宁人气必游 GO6
陵水人气必游 GO7
儋州人气必游 GO8
东方人气必游 GO9
附录:西沙群岛 G10

黑脸琵鹭自然保护区

赏 世界重要的湿地保护区

　　东方黑脸琵鹭自然保护区位于昌江、白沙等县境内，总面积3844.3公顷，主要保护对象为黑脸琵鹭及热带雨林生态系统。

　　该区目前发现有种子植物1219种，其中国家重点保护植物6种，包括一级保护植物海南苏铁、二级保护植物海南紫荆木、油丹、青梅等5种。陆栖脊椎动物共239种，其中有国家一级保护动物蟒蛇、海南山鹧鸪、海南坡鹿，国家二级保护动物穿山甲、凤头鹰等31种。

　　在2010年1月黑脸琵鹭全球同步调查统计中，东方市共记录到68只黑脸琵鹭，而全球黑脸琵鹭总数是1206只，超过全球黑脸琵鹭总数的5%。

　　由于黑脸琵鹭是湿地的指示物种，根据《拉姆萨湿地公约》规定，如果一个地区的黑脸琵鹭超过全球数量的1%，就应该纳入国际重要湿地保护区，因此东方黑脸琵鹭自然保护区被纳入国际重要湿地名录。

TIPS 　📧**地址**：海南省东方市黑脸琵鹭自然保护区　✿**推荐星级**：★★★★

东方八所机务段蒸汽机车

赏 见证了一个时代的蒸汽机车

　　海南省的铁路主要位于岛的西部和西南部，从三亚、乐东、东方和昌江4个市县穿过，全长214公里。在铁路沿线，有许多美丽的景区，比如著名的莺歌海盐场、中国最大的芒果和腰果生产基地，还有荒芜而美丽的海湾，以及远处云雾缭绕的尖峰岭。海南铁路最早由日本侵略者于1941年修建。新中国成立之后，海南铁路获得了新生，经过多次的改造，这条见证了新中国成立后一代代海铁人艰苦奋斗史的铁路，终于在1993年换下了日本造的KD5蒸汽机车，换上了DF11型新型内燃机车。

　　如今，在位于东方八所镇的八所车站，还可以看到8个退休不久的建设型蒸汽机车。这批见证了一个时代的蒸汽机车曾是中国铁路干线货运机车的主要型号。不过随着时间的发展，蒸汽机车终究还是从铁路战线上退了下来，把位置让给了更加先进的内燃机车。现在，大部分建设型蒸汽机车已经报废，只有少量尚未退役，仍然在一些工矿企业以及炼钢厂里，作为调车及小运转之用。

　　遥想当初，碧海蓝天的映衬下，在枝繁叶茂的热带丛林中，一列列老式火车穿行其间，车头冒出一股浓浓的青烟，偶尔发出的汽笛声更加衬托出周围景物的自然静谧，体现出蒸汽时代的浪漫。

TIPS 　📧**地址**：海南省东方市八所镇　🎫**门票**：免费　🕐**开放时间**：全天　🚌**交通**：乘海口到东方市的省直快车到东方后，乘坐出租车或中巴车前往八所车站即可　✿**推荐星级**：★★★

海口人气必游 GO1
三亚人气必游 GO2
文昌人气必游 GO3
五指山人气必游 GO4
琼海人气必游 GO5
万宁人气必游 GO6
陵水人气必游 GO7
儋州人气必游 GO8
东方人气必游 GO9
附录：西沙群岛 G10

GO 006 东方风车群

赏 东方市最浪漫的景点

东方市八所镇的鱼鳞洲虽然风浪很大，不适合游泳，但依然是东方市最值得欣赏、最浪漫的景点之一，因为东方风车群就位于这里。

进入八所之后往海边走，远远就能看见十几座高耸入云的乳白色巨大风车，它们像追风的汉子一样骄傲地挺立在海岸沙滩。每当夕阳西下时，落日的余晖映照在它们身上，更显出一种仰指苍穹、俯瞰瀚海的苍劲之美。

东方风车群所在的鱼鳞洲海滩风力资源十分丰富。这里每年平均风速6米／秒，但却极少有灾害性强风，这一特性被人们所看中，所以将海南东方风力发电厂建在了这里。

东方风车群并不仅仅作为一个景点存在，它同样具有良好的社会效益和经济效益。风力发电是一种清洁能源和可再生能源，这些风车每年都提供了大量的电力。和相同容量的火力发电站相比，这里每年能够节约标准煤9046.4吨、水54016.7吨，少向大气排放烟尘64.57吨、二氧化碳148.82吨、氮氧化物81.23吨和大量的二氧化硫等。在环保已经成为必然趋势的现在，我们需要更多像东方风车群一样，既靓丽又有价值的景观。

TIPS 🏠**地址**：海南省东方市八所镇 🎫**门票**：免费 ⏰**开放时间**：全天 🚍**交通**：乘海口到东方市的省直快车到东方后，乘坐出租车或中巴车前往八所镇即可 ⭐**推荐星级**：★★★

TIPS 🏠**地址**：海南省昌江黎族自治县古昌化城北 🎫**门票**：免费 ⏰**开放时间**：全天 🚍**交通**：从三亚站乘坐汽车到达石碌，之后乘坐到达昌化的中巴车，然后换乘当地的风采车即达 ⭐**推荐星级**：★★★★

GO 007 昌江棋子湾

玩 日光浴和沙浴的理想之地

昌江棋子湾位于海南昌江县古昌化城的北部，西接昌化江如海口，东倚昌化岭风景区，距昌化线石碌50多公里。

棋子湾海湾呈S状，湾长20多公里。海湾水面平静，海水清澈见底，海沙细软且洁白如银，岸边奇峰林立，怪石嶙峋。

棋子湾是海南唯一保留着原始自然景观的旅游度假区，不仅景奇景美，而且流传着许多美丽传说。慕名而至的历代名人有苏东坡、赵鼎、郭沫若等，他们都被美丽神奇的景色所吸引，留下了脍炙人口的诗篇。

棋子湾的雪白沙滩与天连成一片，有"万亩沙漠落海南"之美称，是日光浴和沙浴的理想之地。

GO 008 昌化古城

赏 六百年历史的古城

　　昌化古城位于昌江县西部滨海，距离昌江县城石禄镇50多公里，原址位于现在的昌城乡昌城村。

　　昌化古城的历史可以上溯到2100年前，自从汉代建行政区域以来，它一直是中国最南端的古城遗址。不过我们现在看到的这座古城，是明朝加固过的。据《琼州县志》记载，明洪武二十五年（1392），千户俞觊受命烧砖砌墙，将宋元时期的土城墙建为砖石结构的矩形城墙，但因故一直没有完成。到了永乐年间（1403—1425），昌化县屡遭倭寇扰乱，于是才将剩下的城墙完成。当时的古城城墙周长2.5公里，高6米，厚5米，石垛555个，更铺8个，东面启展门、西面镇海门、南面宁和门、北面宁武门都修建了高大结实的城楼。明正统十年（1448），城墙外围挖了一条护城河，昌化古城城池总算形成了完整坚固的规模，浩大的防御工程才算正式完工。

　　古城历经600年沧桑，虽然屡遭台风袭击，城墙严重风化，残破不堪，但古城遗址和护城河遗迹仍清晰可辨。现在还保存完好的历史古迹和文物，除了古环城土墙和壕沟以外，还有南门园墓群、峻灵王庙遗址，以及城外宋代的"赵鼎衣冠墓"和清代的"治平寺碑"等。

TIPS 📧地址：海南省昌江黎族自治县古昌化城北　🎫门票：免费　🕐开放时间：全天　🚌交通：从三亚站乘坐汽车到达石碌，之后乘坐到达昌化的中巴车即达　⭐推荐星级：★★★★

GO 009 雅龙小桂林

赏 东方"小桂林"

　　距离东方市40公里的东面山区里，有个地方山清水秀，奇峰迭起，四季常青，山、水、洞相互交融，酷似桂林，这就是雅龙民族风情旅游区，也被人称为东方"小桂林"。

　　这里的山不是很高，但却有着幽深的山洞；河也不是很宽，却波平似镜。清澈的湖水终年不涸。在碧水青山之间，能

够看到奇峰倒影，听到牧童悠歌，湖边有渔翁在悠闲地垂钓，田园人家冒出缕缕炊烟，一切是那么诗情画意。

这里的木棉树非常有名。每到春天，火红的木棉花将整个山区都照得通红。这里还有大量的芒果树，有着百年历史的神奇的"芒果王树"依然硕果累累，等待着游客的采撷。橡胶树和香蕉林更随处可见。

雅龙民族风情旅游区里常年云遮雾罩，烟波浩渺，山川隐约，给探索著名的雅龙洞和光益洞带来了一丝神秘的气氛。而神奇的巨大古榕树奇景——六体连榕，更是被人们称为"神树"。六体连榕是由榕树的须根伸入地下后又发新枝形成的奇观：三棵母体绕为一体，与三棵小树各自相距十多米，六树枝叶合体，繁茂异常，覆盖面积足有1600多平方米。这棵树还有一个凄美的传说：300年前，有三名黎族少女上山遭遇到洪水后被困，最后变成了三棵紧紧抱在一块的榕树。后来他们的恋人发现后，也变成了三棵树，在周围守护着他们的爱人。

TIPS ✉**地址:**海南省东方市东部山区 🎫**门票:**20元 🕐**开放时间:**8:00—18:00 🚗**交通:**乘海口到东方市的省直快车到东方后，乘坐出租车或中巴车前往 ⭐**推荐星级:**★★★★

GO 010
赏
大广坝水库

亚洲最大的土坝

大广坝是亚洲最大的土坝，在这里修建的大广坝水库，也是海南最大的水库。它位于海南省昌化县境内的昌化江上，绵延5.8公里的大坝气势磅礴，库区风景如画，被誉为东方市的"天然公园"，曾经接待过无数的国内外游客。

乘船在大广坝水库中逆流而上，可以欣赏到水库迷人的风光。这里两岸群峰高耸，倒映在湖水里，就好像船在青山之顶行驶一般，几乎感觉不到江水的流动。两岸的高山从平地直拨而起，连绵不绝，奇峰罗列，形态万千。山上有洞，洞中有景，琳琅满目，令人目不暇接。山水相依，水秀山明，山水之间相互辉映，美不胜收。这里最美的时候是清晨和黄昏，当霞光满天的时候，江面上也浮光耀金，静影沉璧，美丽异常。若是下起雨来，更是别有一番风味。只见江上烟波浩渺，群山若隐若现，烟云浮游在万点奇峰之间，雨幕像轻纱般笼罩江面，推出一幅烟雨山水的美妙画面。所谓"高眠翻爱广坝水，枕底涛声枕上山"，说的就是这样的景色吧。

大广坝水库里有许多大鱼，是垂钓爱好者的乐园。宽阔的大坝和风景优美的库区为户外旅游者提供了宿营的场所，经常可以看到一个个帐篷点缀其间。大广坝水库的上游，是原始生态的热带雨林区，那里的原始森林风光旖旎，也非常适合进行野外探险。

TIPS ✉**地址:**海南省东方市昌化江中游 🎫**门票:**免费 🕐**开放时间:**全天 🚗**交通:**乘海口到东方市的省直快车到东方后，乘坐出租车或中巴车前往广坝即可 ⭐**推荐星级:**★★★★

海口人气必游 G01
三亚人气必游 G02
文昌人气必游 G03
五指山人气必游 G04
琼海人气必游 G05
万宁人气必游 G06
陵水人气必游 G07
儋州人气必游 G08
东方人气必游 G09
附录·西沙群岛 G10

附录：西沙群岛

西沙群岛 GO!GO!GO!

印象

西沙群岛位于海南岛东南约180海里处，是我国南海诸岛四大群岛之一。由永乐群岛和宣德群岛组成的西沙群岛美丽而纯净，如同一串璀璨的珍珠洒落在50余万平方公里的碧波之上。耀眼的白色沙滩和蔚蓝的大海相映生辉，绵延数公里的奇型珊瑚礁周围生长着大量海洋植物和鱼类，洁净的海水能见度达到40米，是优良的潜水胜地。

地理

西沙群岛位于南海的西北部、海南岛东南面310公里处，西沙群岛珊瑚礁林立，有8座环礁、1座台礁、1座暗礁海滩，环礁和台礁上发育的灰沙岛共有28座，此外东岛环礁还有1座名叫高尖石的早更新世火山角砾岩岛屿。

气候

西沙群岛属热带季风气候，长夏无冬，气候炎热湿润，年平均气温26.5℃，年平均降雨量1505毫米。每年5至10月西沙群岛有台风，海上波浪很大，不适合前往。

●西沙海洋博物馆192/●永兴岛193/●岸钓、水钓和夜钓194/●中国南海诸岛工程纪念碑194/●七连屿195/●将军林196/●琼沙2号197/●西沙明珠197/●海军收复西沙群岛纪念碑198/●孤魂庙198/●南沙洲199/●石岛199/●东岛200/●欣赏日出日落201

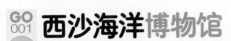

GO.J
Xisha Islands
西沙群岛

GO 001 赏 西沙海洋博物馆
驻岛官兵自己动手创办的海洋博物馆

西沙海洋博物馆位于祖国南海深处的西沙群岛，是驻岛官兵自己动手创办的海洋博物馆。

博物馆中陈列了许多海洋生物的标本。身上布满了孔雀斑点的孔雀颈鳍鱼，底部如马蹄、形如金字塔的马蹄螺，花开如梅的海参梅花参，形态各异的珊瑚花和石花，以及各种鱼类标本，整个陈列馆琳琅满目，趣味无穷。

西沙海洋博物馆创建于20世纪80年代。1990年1月，中央军委原副主席刘华清上将亲笔为该馆题写了馆名——海军西沙海洋博物馆。

西沙海洋博物馆既是我国最南端的海洋博物馆，也是我国唯一一个由军人们创办的海洋博物馆。

海口人气必游　G01

三亚人气必游　G02

文昌人气必游　G03

五指山人气必游　G04

琼海人气必游　G05

万宁人气必游　G06

陵水人气必游　G07

儋州人气必游　G08

东方人气必游　G09

附录·西沙群岛　G10

GO 002 永兴岛

赏　南海诸岛中地理环境最优越的岛屿

永兴岛是西沙群岛最大的岛屿，面积2.1平方公里，也是西沙、南沙、东沙、中沙4个群岛的军事、政治中心，现在是海南省三沙市政府驻地。

岛上风光旖旎，椰树成荫。永兴岛上椰树密布，仅百年以上树龄的就有1000多棵。美丽的枇杷树亭亭玉立，羊角树、马王腾、马凤桐、美人蕉几乎遍地都是，野蓖麻、野棉花也随处可见。

永兴岛又名"林岛"，因岛上林木深密得名。永兴岛得名于1946年11月29日接收西沙群岛的军舰的名字。岛的东西长约1850米，南北宽约1160米，面积约2.1平方公里，是西沙群岛中最大的岛屿，也是南海诸岛最大岛屿。

岛上的主要景点有西沙海洋博物馆、西沙将军林、收复西沙纪念碑等。永兴岛岛屿面积大，植物茂盛，淡水充足，中央低地不积水，且有高大沙堤防风，是南海诸岛中地理环境最优越的一个岛。

GO 003 岸钓、水钓和夜钓

娱 海南渔民特有的钓鱼方式

　　与大多数地方渔民钓鱼的方式不同，西沙群岛上的钓鱼方式分为岸钓、水钓或夜钓，在永兴岛的港口岸上或者附近的海水中，经常可以看到有人不论白天黑夜地垂钓，拿出渔具或是在矿泉水瓶上缠上一段鱼线，前面绑上一枚钓钩和铅坠，挂好诱饵后就用力向海水中一甩开始钓鱼。这种令人瞠目结舌的钓鱼方式却有着不错的收获，握着鱼线耐心地等待，不多时就会感觉手中的钓线被水中的鱼用力拉扯着，向后用力一拽然后快速收线，随后就可看到肥大的石斑鱼、马鞭鱼、马鲛鱼或红鱼随着收紧的渔线跃出水面。

GO 004 中国南海诸岛工程纪念碑

赏 岛沧桑千年，炎黄后代创业今朝

　　中国南海诸岛工程纪念碑位于西沙永兴岛。纪念碑高8米，宽4米，为淡灰色大理石碑，正面铭文"岛沧桑千年，炎黄后代创业今朝"。

　　20世纪70年代起，南海邻国蚕食我们美丽的南海，海洋石油资源被掠夺，中国在南海诸岛的固有主权被侵犯，许士友将军指挥榆林守备部队，在1974年1月20日的西沙海战中胜利收复三岛，把入侵者驱出西沙。

　　纪念碑记述着南海西沙、南沙、中沙、东沙群岛的历史沿革、疆域面积以及军民共建南海诸岛的经过，背面绘有"中国南海诸岛形势图"。

七连屿

美丽的南海岛群

七连屿离永兴岛20多海里，以前只有7个小珊瑚礁岛与沙洲。

七连屿与永兴岛的最大分别是它几乎是纯天然的无人岛，除了在鱼汛期会有少数居民在岛上居住，这里绝少有人迹，沙滩及珊瑚礁滩异常美丽。

20世纪90年代初在附近发现及命名了东新和西新沙洲。去七连屿一般是早上出发，来回需要大半天的时间。如果坐快艇大约半小时即达。坐渔船时间稍长，但可以在船上钓鱼，享受安静时光。

游客还可以带上简单的面镜和呼吸管在码头边浮潜，水底那美丽的景色会让你流连忘返。

GO 006 将军林

赏 党政军领导亲手栽植的椰子树

将军林位于西沙群岛中永兴岛中部，是历年来到这里的党政军领导人亲手栽植的数百株椰子树，因而有"将军林"的美誉，其中包括江泽民等党和国家领导人亲手栽植

的椰树。经过数十年的生长，椰林早已枝繁叶茂，深深扎根于西沙群岛的土地上，也寄托了我国历届党、政、军领导和全国各省市政府、人民对西沙军民的关怀和厚望。

GO 007 琼沙2号

赏 西沙之旅的开始

每月28日从文昌清澜港出发开往西沙群岛的琼沙2号客货轮船，是来往海南岛与西沙群岛的补给船，同时也是大部分去往西沙群岛的游客旅途的开始。

琼沙2号拥有三层甲板，排水量400吨，每次航行时船上的乘客都会超过舱位数，经常可以看到起航后没有舱位的人们在甲板和通道中或坐或躺，其中既有永兴岛上驻守的官兵，也有西沙工委会办事处的工作人员和岛上的渔民，那情景如同每年春运时返乡的火车一般。

在西沙群岛上常驻的人们都把琼沙2号当做生命线一般，新鲜的蔬菜、肉类和食物，以及一张张新鲜的面孔都通过琼沙2号来到西沙群岛。

GO 008 西沙明珠

赏 熠熠生辉的球状雷达

在永兴岛正中高高耸立的球状军事雷达，每日在南海强烈的阳光照射下熠熠生辉，宛如一颗散发着灿烂光华的明珠，因而有"西沙明珠"的美誉。虽然雷达附近是军事禁区，无法靠近，但由于雷达高耸于岛中央，因此游人在永兴岛上的大部分地区都可以远眺这颗光彩夺目的"西沙明珠"。

海口人气必游 G01
三亚人气必游 G02
文昌人气必游 G03
五指山人气必游 G04
琼海人气必游 G05
万宁人气必游 G06
陵水人气必游 G07
儋州人气必游 G08
东方人气必游 G09
附录·西沙群岛 G10

GO 009 海军收复西沙群岛纪念碑

赏

中国百年历史名碑之一

　　海军收复西沙群岛纪念碑位于永兴岛日本炮楼附近，为纪念收复西沙群岛而立。

　　1945年抗日战争胜利，我国政府继收复台湾后，立即组织海军，南下收复西沙与南沙群岛。

　　1946年11月24日凌晨，官兵抵达永兴岛。29日，为纪念碑揭幕，并鸣炮升旗。后来，海军总司令部上尉参谋张君然任海军西沙群岛管理处主任，又重竖海军收复西沙群岛纪念碑，上署"中华民国三十五年十一月二十四日张君然立"，背面刻"南海屏藩"4个字。

　　海军收复西沙群岛纪念碑在20世纪末被收录为《中国百年历史名碑》之一。

GO 010 孤魂庙

赏

纪念历年葬身大海的渔民

　　西沙群岛上现存14座比较完整的庙宇，均为海南渔民所建，称为"孤魂庙"。

　　孤魂庙的修建年代早，因太过久远而不可考，据岛上的老人说是为纪念历年葬身大海的渔民所修，低矮的庙宇面对大海，庙堂中只设一殿，置神像和供器，还有门额、对联和神主牌，经常有渔民在这里祭拜，香火不断。此外，还可看到岛南角的古庙对联："前问双帆孤魂庙，庙后一井兄弟安"，祈求神灵保佑平安。

海口人气必游 G01
三亚人气必游 G02
文昌人气必游 G03
五指山人气必游 G04
琼海人气必游 G05
万宁人气必游 G06
陵水人气必游 G07
儋州人气必游 G08
东方人气必游 G09
附录·西沙群岛 G10

GO 011 南沙洲

赏 古代海上丝绸之路遗址

　　七连屿中的南沙洲长约500米，宽约300米，面积约0.06平方公里，每当涨潮，南沙洲常淹没于水面之下，因其位于七连屿之南，故而得名南沙洲，又因洲上生长着大片红草，附近往来的渔民又称这里为红草岛。

　　在南沙洲的沙滩上随处可以看到大量散落的碎瓷片，经过专家鉴定，其中不乏明代和清代广东、福建等地民窑出品的青花瓷器碎片。由于南沙洲位于古代海上丝绸之路上，据推测是古代海上丝路的商船途经南沙洲附近不幸遇难后遗留下来的。

GO 012 石岛

赏 西沙群岛中海拔最高的岛屿

　　石岛位于中国南海西沙群岛，是西沙群岛中年龄最大的一位，它最起码已经一万多岁了。石岛还是西沙群岛中海拔最高的岛。

　　从石岛向周围看，海边除了细窄的沙滩外，几乎全部是浸着浅水的珊瑚礁滩。

　　岛上有一块小碑，碑上刻着"中国西沙石岛"，还附有一张中国地图。

GO 013 东岛

赏 西沙群岛第二大岛

东岛位于中国南海西沙群岛，是西沙群岛第二大岛，面积约1.6平方公里，其中沙堤海拔最高。

岛上有大量的舰鸟栖息于白避霜和羊角树的枝杈上，还有逸野的野牛等动物。东岛的植物呈环带状分布。周围的沙堤上生长着一些草本和乔木。

东岛全岛平均海拔只有4—5米，外形呈长方形。岛南端还有一条粗沙组成的沙咀伸出于礁盘上。沙岛北面礁盘上有两个新沙洲。

东岛是西沙群岛中唯一生态平衡未被破坏的岛屿。

欣赏日出日落

赏

笼罩在一片金光之中的小岛

在琼沙2号上错过了海上日出也不必遗憾，在永兴岛上一样可以看到壮美的日出日落。在永兴岛最佳的观日出景点——石岛上，清晨的日出带着万丈金光洒向整座小岛，海面上层层的波浪也随着金色的日光奔涌而至，每一层海浪都被阳光镶上一层金色的外衣。当海浪拍打在海滩或堤坝、礁石上，溅起的浪花如同千万粒散碎的金块，远处海上的军舰似乎也蒙上了一层淡淡的金色光芒。

日落的时候，四周的海水都会变得黯淡，太阳的余晖在西方的天际上闪烁着，随着那抹光线愈来愈淡，海面也逐渐变得寂静起来，而逐渐变暗的天空也开始出现闪烁的繁星，耳畔不断回响着海浪拍打沙滩的声音，这一切宛如一幅充满诗意的画卷，令人沉醉其中，久久不愿离去。

INDEX 索引

编辑部

海南
一本就GO
HaiNan Pass

《一本就GO》编辑部

策划：考拉旅行

执行主编：苏逸天　陈　宇

编辑部成员：

徐 江	刘 雪	刘 华	刘 洋	韩 成	
张 琳	吴 为	宋 清	贵 珍	于小慧	
李 丽	谢 蓉	晓 馨	赵海菊	刘明霞	
付 捷	赵小鹏	杨 真	梁乐颂	马 丹	
李晓枫	刘巧坤	谢 群	赵 馨	陈 鑫	
李晓月	王 巍	邵 明	任雅荣	张 璐	
易 睿	王伟东	左 兰	李君清	张家林	
司 静	何文武	王 燕	余崇彬	潘 婷	
徐占茜	王作武	王 玥	王 嘉	李一天	
徐 放	张 宾	付 佳	朱 梁	刘 玉	
谢 靓	张 媛	肖克冉	郭利华	熊 妮	
尤日和	金 晔	昆 廷	潘 端	赵 婧	
晓 迪	恺 欣	乔 东	路 平	林 若	
苏 林	晨 明	张 含	张 婷	周 雯	
苗 子	李 濛				

海南
一本
就GO

● 一本就GO系列！

● 搭地铁自助游系列！

● 中国经典游·TOP100系列！

● 玩全攻略系列!

海南
一本
就GO

● 玩转系列！

● 中国经典游·终极热线自由行系列！

● 生活地图系列！

图书在版编目（ＣＩＰ）数据

　　海南一本就GO ／《一本就GO》编辑部编. -- 桂林：
广西师范大学出版社，2012.1
　ISBN 978-7-5495-1018-4

　　Ⅰ．①海… Ⅱ．①一… Ⅲ．①旅游指南－海南省
Ⅳ．①K928.966

　　中国版本图书馆CIP数据核字（2011）第249269号

广西师范大学出版社出版发行

（桂林市中华路22号　邮政编码：541001）
（网址：www.bbtpress.com）
出版人：何林夏
全国新华书店经销
发行热线：010-64284815
北京燕泰美术制版印刷有限责任公司
（北京南苑西营房甲5号　邮政编码：100076）
开本：720×1000　1/16
印张：13　字数：200千字
2012年1月第1版　2012年1月第1次印刷
印数：0 001-8 000册　定价：39.80元

如发现印装质量问题，影响阅读，请与印刷厂联系调换。